Le vœu d'un cheikh

ANNIE WEST

Le vœu d'un cheikh

Traduction française de
EMMANUELLE DETAVERNIER

AZUR

HARLEQUIN

Collection : Azur

Titre original :
THE DESERT KING MEETS HIS MATCH

HARPERCOLLINS FRANCE
83-85, boulevard Vincent-Auriol, 75646 PARIS CEDEX 13
Service Lectrices — Tél. : 01 45 82 47 47 - www.harlequin.fr
ISBN 978-2-2804-8752-8 — ISSN 0993-4448

Composé et édité par HarperCollins France.
Imprimé en mai 2023 par CPI Black Print (Barcelone)
en utilisant 100% d'électricité renouvelable.
Dépôt légal : juin 2023.

FSC www.fsc.org MIXTE Papier issu de sources responsables FSC® C159065

Pour limiter l'empreinte environnementale de ses livres, HarperCollins France s'engage à n'utiliser que du papier fabriqué à partir de bois provenant de forêts gérées durablement et de manière responsable.

Prologue

— Jouer de la cornemuse à l'intérieur devrait être un crime.

Surprise par sa remarque, la jeune femme à la chevelure ébène se retourna, ses boucles noires virevoltant un instant avant de retomber sur ses épaules.

Leurs regards se croisèrent et le rythme cardiaque de Salim s'accéléra, comme une vague de désir le submergeait.

Il s'était efforcé de l'ignorer quand il l'avait aperçue un peu plus tôt, en vain. Sa peau le démangeait depuis qu'il l'avait surprise à le contempler.

Ses lèvres sensuelles s'étirèrent en un sourire qui le cloua sur place.

— Vous n'aimez pas cet instrument ?

Salim s'approcha, appréciant la façon dont les flambeaux installés le long de la pelouse nimbaient ses cheveux de reflets dorés.

Contrairement aux autres invitées, qui portaient des robes, elle avait choisi un smoking qui soulignait sa taille fine et mettait ses formes voluptueuses en valeur.

— Je n'irais pas jusque-là, répondit-il d'une voix profonde. Les cornemuses peuvent être magnifiques selon les circonstances.

Incapable de détourner les yeux, il continua à l'observer. Derrière elle s'étendaient un loch étincelant sous la lune et une haute falaise, mais le spectacle le laissait de marbre. Seule comptait l'inconnue qui lui faisait face… et qui l'intriguait tant. Ce n'était pourtant pas dans ses habitudes de tomber ainsi sous le charme d'une parfaite étrangère.

En homme moderne, il préférait affronter la réalité au lieu de perdre son temps à rêvasser. Ses décisions étaient fondées sur des faits avérés même s'il lui arrivait régulièrement d'écouter son instinct, ce qui l'avait sauvé à de nombreuses reprises.

Le sourire de l'inconnue s'élargit et Salim en eut le souffle coupé. Le spectacle était aussi éblouissant que le lever du soleil au milieu du désert lorsque les rayons de lumière dorée venaient lécher la terre froide et aride plongée dans les ténèbres de la nuit.

— Vous pourriez peut-être demander au musicien de venir vous réveiller à l'aube. Je suis certaine que ça vous rendrait très populaire auprès des autres invités, ajouta-t-elle en riant.

Une vague de désir, plus puissante que la précédente, le balaya soudain et il serra les poings. Que diable lui arrivait-il ?

La jeune femme qui lui faisait face était certes charmante, mais il n'était plus un adolescent inexpérimenté victime de ses hormones. Il était censé pouvoir se contrôler et non céder à la moindre pulsion.

Comme il réfléchissait, la jeune femme se détourna, lui donnant l'excuse parfaite pour mettre un terme à la conversation et retourner à l'intérieur. Pourtant, il ne put s'y résoudre.

Les fenêtres de la terrasse s'ouvrirent, et un serveur apparut avec un plateau en argent dans la main.

— Madame ? Monsieur ? les interrogea-t-il en leur présentant des flûtes de champagne.

Salim en prit deux et le remercia d'un signe de tête avant d'en offrir une à sa compagne.

Fronçant les sourcils, elle étudia un instant son visage et il en fit autant, découvrant avec délice que ses yeux avaient la couleur d'un ciel d'orage.

— C'est vous qui les avez commandées ? demanda-t-elle en acceptant le verre qu'il lui tendait.

Elle parla d'un ton sec, mais il ne s'en formalisa pas. Son instinct lui soufflait qu'elle n'était pas en colère, non, elle semblait plutôt inquiète, comme sur ses gardes. Se pouvait-il qu'elle partage son trouble et se reproche également la réaction démesurée de son corps ?

— En effet, avoua-t-il. Je vous ai vue quitter la salle, et la perspective de vous parler, ici, au calme, me paraissait bien plus tentante que de subir le vacarme ambiant.

Il s'interrompit un instant avant de reprendre :

— Mais si vous préférez rester seule, je peux…

— Non ! répondit-elle aussitôt. Merci pour le champagne.

Rosanna n'avait pas de temps à perdre en liaisons d'un soir. Elle n'avait pas non plus pour habitude d'embrasser de parfaits inconnus… alors comment s'était-elle retrouvée plaquée contre le torse d'un homme qu'elle venait de rencontrer, son cœur battant la chamade semblant prêt à bondir hors de sa poitrine ?

Pire encore, malgré son bras enserrant sa taille et sa main étreignant sa nuque pour l'empêcher de fuir tandis qu'il la dévorait, elle n'avait plus qu'une envie : se fondre en lui pour réduire la distance insoutenable qui les séparait encore. Ses baisers exigeants et brûlants n'étaient pas suffisants. Elle en voulait plus, tellement plus qu'elle n'arrivait plus à réfléchir.

S'agrippant à ses épaules, elle se colla à lui, frissonnant comme il grognait de plaisir en sentant ses seins pressés contre son torse musclé.

Aucun homme ne l'avait jamais embrassée de cette façon. C'était également la première fois de son existence qu'elle répondait avec autant de fougue et de désir à un baiser. C'était une expérience nouvelle, incroyable et terriblement excitante.

L'espace d'un instant, l'image de Phil s'imposa à son esprit, mais elle disparut aussitôt comme son partenaire explorait sa bouche avec passion.

Elle avait été incapable de résister à son sens de l'humour et à la lueur qui s'était allumée dans ses yeux durant leur conversation. Il l'avait écoutée, s'intéressant à ce qu'elle avait à dire et lui donnant l'impression qu'il ne cherchait pas simplement à l'impressionner ou à la séduire malgré sa façon de la contempler avec intérêt.

C'était d'ailleurs sans doute la première fois qu'un homme arrivait à la séduire en usant de son charme et de sa conversation, et l'effet en était tout simplement dévastateur. Jamais, elle ne s'était sentie aussi excitée… ni aussi vivante. Et lorsqu'il avait frôlé sa peau, une onde électrique s'était propagée de ses seins jusqu'au cœur de sa féminité, lui donnant envie de gémir de plaisir.

Sa réaction aurait sans doute dû la choquer ou même l'inquiéter, mais il n'en était rien, car un seul regard lui avait suffi pour comprendre que son partenaire partageait son trouble. Il avait paru aussi étonné et au moins aussi déstabilisé qu'elle par la force de son désir.

Malgré elle, elle posa la main sur son torse, mais il la prit aussitôt pour la porter à ses lèvres. Ses jambes menacèrent de se dérober sous elle, et son partenaire resserra sa prise autour de sa taille pour la soutenir et la presser plus étroitement contre lui.

Penchant la tête en arrière, elle lui offrit son cou, et il y déposa une traînée de baisers brûlants tout en glissant une main dans son décolleté. Ses gestes étaient lents et sûrs comme s'il cherchait à savourer les caresses qu'il lui prodiguait, ou à la torturer, elle n'aurait su le dire.

Ivre de désir, elle posa la main sur la sienne pour l'attirer sur son sein et manqua de défaillir quand il la caressa, son pouce titillant la pointe de son mamelon durci par le désir.

La chaleur de sa paume contre sa peau était à la fois un supplice et un délice, mais elle en voulait plus… tellement plus.

Comme s'il avait lu ses pensées, son partenaire la plaqua contre lui, et la force de son désir bien évident lui coupa le souffle alors qu'une lame incandescente engloutissait son corps.

La barrière de tissu les séparant encore lui sembla soudain insupportable et elle agrippa sa cravate de soie.

— Pardonnez-moi, monsieur…

La voix masculine les surprit tous les deux et ils s'immobilisèrent aussitôt.

Se reprenant rapidement, son partenaire se redressa, son souffle chaud lui caressant la joue tandis qu'elle plongeait son regard dans le sien avant de frissonner. Ses yeux assombris par le désir semblaient contenir une promesse muette qui résonna jusqu'au plus profond de son être.

Il rajusta sa cravate et se déplaça légèrement comme pour mieux la protéger de la curiosité du nouveau venu.

— Qu'y a-t-il ?

— Je suis navré de vous déranger, mais vous avez un appel. C'est urgent, ajouta l'homme sur un ton d'excuse, sans quoi je ne vous aurais pas…

— Je comprends, Taqi, le coupa son partenaire avant de soupirer. J'arrive dans une minute.

Il s'écarta soudain et elle retint un gémissement de protestation quand sa main quitta son sein.

— Je suis désolé, murmura-t-il avec un fort accent.

Il la tenait toujours par les bras comme s'il craignait qu'elle ne tombe, et Rosanna croisa brièvement son regard avant d'acquiescer en silence.

Elle aurait voulu lui demander pourquoi il s'excusait – d'avoir été interrompu ou de s'être pratiquement jeté sur elle en public –, mais n'en fit rien. Ils avaient pourtant de la chance de ne pas avoir été surpris ou, plutôt, de l'avoir été par un homme aussi discret que ce « Taqi ».

Pourtant, il fallait bien admettre qu'elle ne regrettait rien, si ce n'était justement d'avoir été interrompue. Ce parfait inconnu avait éveillé en elle d'incroyables sensations, aussi nouvelles qu'extraordinaires, et son corps brûlait de désir contenu. C'était la première fois qu'elle se sentait aussi vivante !

— Il faut que je parte, continua-t-il. Taqi a besoin de moi. C'est important, sans quoi il ne serait jamais venu me chercher.

— Je comprends, lâcha-t-elle simplement.

Il l'observa plusieurs minutes avant de pencher la tête.

— Merci, conclut-il en s'éloignant d'une démarche féline.

Rosanna le regarda partir en s'efforçant d'ignorer les battements désordonnés de son cœur. Se réfugiant dans un coin sombre de la terrasse, elle respira lentement, profondément, pour reprendre le contrôle de ses émotions et de son corps.

Aucun homme n'avait jamais eu un tel effet sur elle, pas

même Phil, alors qu'elle avait pourtant envisagé de l'épouser. C'était la première fois de son existence qu'elle éprouvait un désir aussi brutal et sauvage.

Pourtant, loin de la choquer, la réaction de son corps lui avait paru naturelle comme s'il était parfaitement normal qu'une femme ne s'étant jamais intéressée aux liaisons d'un soir et incapable de faire confiance à un homme s'abandonne ainsi dans les bras d'un étranger… dont l'absence la tourmentait cruellement.

Reboutonnant sa veste, elle réarrangea rapidement sa coiffure et s'installa sur un banc en pierre en attendant son retour.

Malheureusement, les portes-fenêtres s'ouvrirent soudain et les invités sortirent pour assister aux feux d'artifice donnés en l'honneur du couple de jeunes mariés.

Plissant les yeux, Rosanna parcourut la foule du regard à la recherche d'un inconnu de haute taille à la chevelure sombre, en vain.

Posant les doigts sur sa bouche encore marquée du goût de ses lèvres, elle soupira et leva les yeux vers le ciel. Il ne reviendrait pas… et elle ne connaissait même pas son nom.

1.

— Mais enfin, Marian, je ne suis pas prête !

— Bien sûr que si. Tu es bien experte en recrutement, n'est-ce pas ? C'est donc pile dans tes cordes, ajouta-t-elle sans lui laisser le temps de répondre.

— Pile dans mes cordes ? répéta Rosanna, incrédule. Tu n'es pas sérieuse ?

— Bon, je reconnais que ma demande est plutôt… spéciale, concéda sa tante après un moment d'hésitation.

C'était peu dire, mais c'était aussi la raison de son succès dans le milieu. Marian Best était la meilleure et se voyait régulièrement confier des missions par l'élite londonienne.

Rosanna soupira. Si elle avait l'habitude d'être sous pression tout en respectant des délais serrés, cette mission était loin d'être comme les autres.

— Ce contrat est vraiment particulier et ce client…

— Nous ne pouvons pas parler de lui en public, lui rappela fraîchement sa tante comme si elle craignait qu'un autre patient ou une infirmière ne l'entende.

— Je le sais, rétorqua Rosanna. Tu peux compter sur ma discrétion, Marian.

Ancienne chasseuse de têtes, chez elle la discrétion était pratiquement une seconde nature. Des années durant, Rosanna avait déniché les meilleurs candidats pour des postes dans des secteurs sensibles où la confidentialité était le maître mot. Mais ce n'était pas cela qui la préoccupait, loin de là, c'était tout le reste…

— Je n'en doute pas, Rose, et tu n'imagines pas à quel

point je te suis reconnaissante de m'aider, déclara Marian d'une voix plus douce.

Elle s'inquiétait sans doute que sa nièce, qui venait à peine de débuter dans le milieu, se voie confier une mission aussi extraordinaire, mais elle n'avait pas le choix. En raison de la nature de son travail, l'entreprise de Marian ne comptait que deux employés en plus d'elle-même : Rosanna et une secrétaire, engagée à mi-temps.

Rosanna en était encore à apprendre les ficelles du métier, mais Marian ne pouvait pas laisser passer une telle occasion. Quant à l'échec… il était tout simplement inenvisageable.

Submergée par le stress, Rosanna frissonna. Il ne s'agissait pas uniquement de sa carrière et de sa réputation. Si elle échouait, sa tante paierait le prix fort. Leur client appartenait à l'élite. Un seul commentaire négatif de sa part suffirait à faire fuir d'autres clients potentiels.

Expirant lentement pour se calmer, Rosanna ferma un instant les yeux avant de les rouvrir.

— Je ferai ce que tu veux, Marian, mais je vais avoir besoin de ton aide.

Un soupir ténu se fit entendre, et Rosanna se sentit aussi coupable. Elle aurait voulu accompagner sa tante à l'hôpital et rester à ses côtés jusqu'à l'opération, mais celle-ci avait refusé, insistant pour qu'elle se rende au bureau afin de se mettre immédiatement au travail.

— Je t'aiderai du mieux que je peux, mais…

Marian s'interrompit comme si elle cherchait ses mots.

— Rappelle-toi ce que je t'ai appris. Je ne t'aurais pas demandé de rejoindre mon entreprise si je n'avais pas foi en toi, Rose.

Rosanna voulut la remercier, mais Marian ne lui en laissa pas le temps.

— Les enjeux sont particulièrement importants compte tenu de l'identité de notre client, mais le principe reste le même. Tu as de quoi noter ? Pour commencer, j'ai besoin que tu télécharges plusieurs fichiers sur ton portable.

Vingt minutes plus tard, la liste était terminée. Elle était longue, mais Rosanna ne s'en formalisa pas. Au contraire, elle en était même reconnaissante. Des instructions précises lui permettraient de ne pas perdre de temps.

— La voiture viendra te chercha à 10 heures.

— 10 heures ? répéta-t-elle.

Rosanna consulta l'heure et fronça les sourcils. Il ne lui restait pas beaucoup de temps pour faire ses bagages.

— 10 heures précises, confirma Marian. Alors, ne perds pas de temps et bonne chance.

Rosanna allait en avoir besoin ! C'était la première fois qu'elle se voyait chargée d'une mission de cette importance, et elle allait devoir s'en charger seule. Trouver une épouse à un cheikh !

Autant dire que ça n'avait plus rien de commun avec son ancien poste à Sydney ou avec les responsabilités que lui avait confiées Marian lorsqu'elle l'avait embauchée. Elle n'avait d'ailleurs jamais rencontré de clients jusqu'à maintenant, se contentant de faire les recherches nécessaires pour répondre à leurs demandes.

Après la trahison de Phil, son univers s'était écroulé et l'offre de Marian de venir travailler pour elle avait été sa bouée de sauvetage. Elle s'y était désespérément accrochée dans l'espoir d'échapper aux rumeurs et aux regards curieux de ses collègues et de son entourage. Elle ne supportait plus rien, pas même les mots d'encouragement de sa famille. Non, elle avait besoin de changement.

Elle avait donc quitté l'Australie, le moral au plus bas, furieuse contre Phil mais également contre elle-même. Comment avait-elle pu être aussi stupide ? Elle qui se targuait d'être capable de juger les gens d'un simple regard avait commis une erreur de taille en accordant sa confiance à un homme comme Phil.

Secouant la tête pour chasser ces sombres pensées, Rosanna se redressa. Ruminer le passé ne servait à rien. Elle avait un travail à accomplir. Et avec ses compétences professionnelles ainsi que les conseils avisés de sa tante, il n'y avait aucune raison qu'elle ne puisse pas jouer la bonne fée pour une future Cendrillon… à condition que le prince ne soit pas un crapaud.

Installée à l'arrière d'une limousine en route vers la capitale du Dhalkur, Rosanna observait le soleil disparaître derrière les collines, nimbant la vieille ville de reflets violets et ocre. Avec ses nombreux dômes et tours, la cité offrait un spectacle saisissant et presque irréel.

Elle avait véritablement pénétré dans un nouveau monde, et pas uniquement parce que c'était la première fois qu'elle mettait le pied dans un royaume au nom exotique dont elle ignorait tout. Tout y était différent. Même l'air semblait à la fois plus sec, plus chaud et comme parfumé par des effluves mystérieux qui lui donnaient envie d'inspirer profondément pour s'en imprégner.

Le voyage s'était déroulé sans accroc, l'entourage du cheikh s'étant chargé de tout organiser, du transport aux formalités douanières jusqu'à sa réservation dans un hôtel de luxe. Elle n'avait pas eu à s'occuper de quoi que ce soit, se contentant de profiter du vol à bord d'un magnifique jet privé pour se reposer et se détendre. Du moins avait-elle essayé, en vain.

Se massant les tempes, elle tenta de nouveau de se calmer, sans succès. Elle avait profité du vol pour consulter les différents dossiers sur les candidates potentielles qui pourraient convenir au cheikh, mais elle ne se sentait pas prête.

Marian lui avait conseillé de se concentrer sur les futures épouses et non sur le cheikh, mais elle avait besoin d'en savoir davantage sur son prestigieux client.

Celui-ci s'était engagé à lui fournir plus de détails sur ses attentes et ses exigences, mais elle aurait été plus à l'aise si elle avait pu obtenir d'autres informations que son nom, son âge et son statut marital.

Bien entendu, elle avait lu tous les articles lui étant consacrés, mais ceux-ci parlaient exclusivement de son programme de modernisation du pays et du développement des droits civiques auquel il semblait tenir. Sous son règne, son royaume était entré dans une nouvelle ère de prospérité et de changements, mais le monarque lui-même demeurait un mystère.

Le cheikh étant l'autorité suprême au Dhalkur, peut-être avait-il également la mainmise sur la presse, empêchant ainsi les journalistes de dévoiler la moindre information personnelle le concernant.

Cette perspective était assez inquiétante. Si elle avait travaillé avec des personnes influentes, c'était la première fois qu'elle allait rencontrer un homme qui dirigeait son propre pays. S'attendait-il à ce qu'elle lui obéisse sans poser de questions ?

Le véhicule passa un immense portail, et le rythme cardiaque de Rosanna s'accéléra.

Malgré son stress, une part d'elle-même était ravie de pouvoir relever ce défi. Sa tante lui faisait confiance, c'était évident, mais elle avait également besoin de se prouver qu'elle était capable de se montrer à la hauteur de ses attentes.

Dépassant le poste de surveillance, la voiture s'engagea ensuite dans un magnifique jardin agrémenté de hauts palmiers, de fleurs multicolores et de fontaines semblant étinceler sous le soleil couchant.

Enfin, ils atteignirent une majestueuse entrée qui la laissa sans voix. De larges marches couvertes de mosaïques bleues menaient à une arche sculptée et peinte dans des tons émeraude et or. Un peu plus loin, une arche de plus petite taille, mais tout aussi richement décorée de couleur turquoise et argent cette fois, guidait les visiteurs vers une troisième arche, encore plus petite, ornée de cobalt et d'or, qui encadrait des portes en bronze brillant d'un éclat doré.

— C'est incroyable, murmura-t-elle. Je n'ai jamais rien vu de semblable.

— C'est l'un de nos trésors nationaux, annonça le chauffeur, une note de fierté dans la voix. On raconte qu'il a fallu trente ans à trente artisans pour terminer l'entrée ouest.

— J'ai de la chance d'avoir pu la découvrir, rétorqua-t-elle avec un sourire.

Au même instant, l'une des deux portes en bronze s'ouvrit, révélant un homme portant une longue robe blanche.

Réalisant soudain que la voiture s'était arrêtée, Rosanna croisa le regard du chauffeur dans le rétroviseur.

— Je croyais que nous allions à mon hôtel ?

Elle avait simplement supposé que le chauffeur avait tenu à passer devant l'entrée pour lui montrer ce joyeux architectural.

— J'ai reçu l'ordre de vous emmener au palais.

Le palais ?

Elle aurait dû se douter qu'il s'agissait du palais en découvrant ce décor de rêve et en passant le poste de sécurité.

Le chauffeur lui ouvrit la portière et l'invita à rejoindre un homme d'âge mûr aux traits hautains qui lui adressa un sourire crispé en se présentant comme le chambellan du palais.

— Mademoiselle MacIain, bienvenue au Dhalkur. J'espère que vous avez fait bon voyage ?

— Tout s'est bien passé, je vous remercie.

— Parfait, veuillez me suivre je vous prie.

Rosanna s'avança, mais fronça les sourcils en s'avisant qu'ils se dirigeaient vers les grandes portes.

— Je… Je pensais que j'aurais le temps de passer à l'hôtel avant, dit-elle en accélérant le pas pour rester à sa hauteur.

— L'hôtel ? répéta-t-il en s'arrêtant. Vous êtes notre invitée. Vous séjournerez donc au palais. Ce sera plus discret et plus pratique de procéder ainsi.

— Oh ! je vois, bien sûr.

Heureusement, elle réussit à parler d'une voix posée malgré son stress. La perspective de rencontrer un cheikh était déjà intimidante, mais voilà qu'elle allait devoir résider au palais !

S'essuyant discrètement les mains sur son pantalon, elle suivit son guide, qui l'entraîna à travers les différentes arches. Rosanna ralentit pour les admirer, stupéfaite de découvrir des pierres précieuses enchâssées entre les carreaux de mosaïque. Dans quel monde venait-elle de pénétrer ?

S'apercevant qu'elle n'était plus derrière lui, le chambellan s'immobilisa et se tourna vers elle.

— Pardonnez-moi. Il m'arrive d'oublier l'effet que les portes de Sa Majesté peuvent avoir sur les visiteurs qui les découvrent pour la première fois.

Rosanna acquiesça d'un air absent en contemplant les dessins de fleurs et d'oiseaux de couleurs vives.

— Sa Majesté ?

— Elle a vécu il y a plusieurs siècles, expliqua-t-il avec un sourire plus franc. D'après la légende, le cheikh a demandé sa main à deux reprises, mais elle a refusé. Ce n'est que lorsqu'il lui a offert son cœur en plus de ses richesses et de sa position qu'elle a accepté de l'épouser. Pour célébrer leur amour, il a fait construire ces trois arches symbolisant ses trois demandes, la troisième, la plus belle, représentant leur bonheur. Ils empruntaient cette entrée quotidiennement quand ils sortaient ensemble du palais, continua-t-il. C'est pour cela qu'il a fait ajouter des émeraudes et des lapis-lazulis dans la mosaïque. C'était ses pierres préférées.

— C'est très romantique, souffla-t-elle.

Et plutôt étonnant dans un pays où le cheikh avait tout pouvoir sur ses sujets.

— C'était sans doute une femme incroyable pour avoir refusé une demande du roi.

— Sans doute, concéda le chambellan en haussant les épaules. Mais comme vous le savez sans doute, les cheikh du Dhalkur ont la réputation d'être déterminés et puissants. Ce genre d'homme ne pourrait se satisfaire d'une épouse effacée ou fragile.

À ces mots, Rosanna passa mentalement en revue les candidates qu'elle avait sélectionnées. L'une d'entre elles correspondait-elle à cette description ? Elle n'en était pas sûre, mais il valait mieux en apprendre le plus possible sur les goûts et les attentes de son client. Était-il également un homme viril et puissant qui voulait une femme de caractère ou souhaitait-il une épouse dévouée qui lui obéirait au doigt et à l'œil ?

Vérifiant sa montre, le chambellan reprit :

— Je suis désolé de vous presser, mademoiselle MacIain,

mais vous êtes attendue et nous ne pouvons pas faire attendre Sa Majesté.

Rosanna lui emboîta le pas, mais ne put s'empêcher de demander :

— Son Altesse ?

— Oui, quand il a appris que vous étiez arrivée, il a demandé que vous passiez immédiatement le voir. Je crains que l'audience soit courte, ajouta-t-il en regardant une nouvelle fois sa montre d'un air inquiet. Il a un autre rendez-vous très bientôt.

Rosanna hocha la tête et ajusta discrètement sa veste ainsi que sa coiffure. Elle aurait préféré pouvoir se rafraîchir et se changer avant de rencontrer son client, mais c'était impossible.

Redressant les épaules, elle soupira discrètement pour se donner du courage. Marian lui faisait confiance. Elle était parfaitement capable de mener cette mission à bien… même si c'était son premier projet en solo.

Le chambellan l'entraîna dans un immense couloir, richement décoré lui aussi, et Rosanna en profita pour réfléchir.

Si l'on se basait sur l'histoire que lui avait racontée le chambellan, les cheikh dhalkuris étaient plus romantiques qu'elle ne se l'était imaginé. Son client l'était-il également ?

En proie à de nombreuses questions, Rosanna suivit le chambellan, qui emprunta un autre couloir, tout aussi long que les précédents pour s'arrêter enfin devant une imposante porte en bois poli.

Tournant la tête, il plongea son regard dans le sien, comme pour s'assurer qu'elle était prête avant de frapper.

— Entrez.

Le chambellan entra avant de s'incliner.

— Votre Majesté, Mlle MacIain est ici.

— Merci, ce sera tout, répondit une voix masculine qui sembla résonner au plus profond d'elle-même.

C'était sûrement un effet du stress et non parce que cette voix lui était étonnamment familière.

Le chambellan ressortit et lui fit signe d'entrer avant de refermer la porte derrière elle.

Rosanna en savait très peu sur le Dhalkur, mais elle s'était renseignée sur le protocole à suivre lors d'une rencontre avec son souverain.

S'avançant, elle garda les yeux baissés et fit la révérence, ravie de constater que les leçons de ballet qu'elle avait prises enfant lui permettaient de se mouvoir avec facilité et élégance malgré sa fatigue.

— Vous pouvez approcher.

Les jambes soudain tremblantes, Rosanna s'exécuta.

Cette voix…

Levant la tête, elle fit quelques pas avant de s'immobiliser, les yeux écarquillés.

Confortablement installé derrière l'imposant bureau se trouvait un homme qu'elle connaissait bien. L'homme qu'elle avait rencontré six mois plus tôt lors d'une fête en Écosse, celui qui l'avait séduite et embrassée comme aucun autre avant lui, celui qui lui avait fait oublier ses réticences concernant les liaisons d'un soir, celui qui était parti et qu'elle avait attendu, en vain.

— Vous ! s'exclama-t-elle d'une voix aiguë. Que faites-vous ici ?

2.

Salim regarda la jeune femme se relever et eut soudain l'impression que son corps prenait feu.

Ses yeux, ses lèvres, et même sa voix… étaient identiques à cette fameuse nuit six mois plus tôt, même si les choses étaient très différentes à présent.

Elle portait toujours un pantalon et une veste de tailleur, mais pas de petit haut pratiquement transparent attirant l'attention sur son décolleté et la courbe de ses seins.

À la place des talons aiguilles, elle avait choisi des escarpins discrets. Quant à ses cheveux, ils ne cascadaient pas sur ses épaules, mais étaient remontés en un chignon serré. Seul son haut à col roulé apportait une touche de couleur bienvenue à l'ensemble.

Pourtant, quand elle l'avait reconnu, une fissure était apparue sur son masque professionnel. Sa bouche s'était adoucie et ses yeux avaient parcouru son corps avec avidité, lui donnant l'impression que de la lave en fusion coulait à présent dans ses veines.

Quelle remarquable coïncidence qu'ils se soient retrouvés de cette façon ! À condition que ce soit une coïncidence, bien sûr…

L'espace d'un instant, il envisagea la possibilité qu'elle ait réussi à s'introduire dans le palais sous de fausses raisons, mais la rejeta aussitôt. Elle n'aurait jamais pu tromper son équipe.

Plongeant ses yeux dans les siens, il nota avec intérêt la lueur de désir qui y brûlait toujours. De toute évidence, elle n'avait pas oublié les instants qu'ils avaient partagés cette nuit-là, ce qui était à la fois satisfaisant et rassurant.

S'il avait assisté à la soirée d'Alistair, c'était uniquement afin de finaliser la signature d'un contrat et certainement pas pour tomber sous le charme d'une tentatrice aux yeux argentés et aux courbes à damner un saint.

Se renfonçant dans son siège, il l'invita à s'approcher d'un geste de la main.

— Vous m'intriguez. Qui vous attendiez-vous à trouver dans le bureau privé du cheikh si ce n'est le cheikh lui-même, c'est-à-dire : moi ?

Elle s'approcha d'une démarche maladroite, bien éloignée de l'élégance dont elle avait fait preuve quelques minutes plus tôt.

— Vous êtes vraiment le cheikh du Dhalkur ?

Salim fronça les sourcils. Elle avait besoin de poser la question pour s'en assurer ? Sa conduite manquait de professionnalisme.

— Vous êtes bien mademoiselle Rosanna McIain, représentant Mme Marian Best, n'est-ce pas ? s'enquit-il au lieu de répondre.

— Oui, c'est bien moi, confirma-t-elle en s'arrêtant juste devant son bureau.

Se redressant légèrement, elle glissa les mains derrière elle.

— Dans ce cas, je devrais m'attendre à ce que vous connaissiez l'identité de votre client, annonça-t-il en se levant. À moins que tout cela ne soit qu'une blague à vos yeux ?

Faire appel à une entremetteuse était un concept désuet, y compris pour un pays comme le Dhalkur. Comment pouvait-il être sûr qu'elle ne cherchait pas à lui tendre un piège ? De nombreuses femmes avaient tenté de se rapprocher de lui, usant d'artifices ou de prétextes plus ou moins crédibles, et il avait appris à se montrer prudent.

Pour autant, son entreprise jouissait d'une réputation irréprochable et était reconnue pour son professionnalisme, son incroyable taux de réussite ainsi que pour sa discrétion, une qualité indispensable à ses yeux.

Si la rumeur que le monarque du Dhalkur recherchait une épouse venait à se répandre, la plupart des familles aristocratiques du pays seraient prêtes à tout pour s'assurer que leur fille avait une chance de monter sur le trône, quitte à créer le chaos et à semer la zizanie dans le pays. Il ne pouvait pas prendre ce risque.

— Je suis navrée… Votre Majesté, ajouta-t-elle après un instant.

Le souffle de Salim se bloqua dans sa poitrine en l'entendant utiliser son titre. C'était une impression étrange, comme si ses doigts lui caressaient le visage, traçant le dessin de sa mâchoire, avant de descendre vers sa gorge et son torse.

Une flèche brûlante vint se ficher au creux de ses reins et il retint une grimace. Comment faisait-elle pour avoir un tel effet sur lui alors qu'elle ne l'avait même pas touché ?

— Tout est ma faute, continua-t-elle en relevant le menton pour mieux l'affronter. Des circonstances imprévues ont empêché Mlle Best de venir en personne. Elle m'a briefée, et j'ai profité du vol pour passer les différentes candidates en revue, mais…

— Vous n'avez pas pris la peine de faire des recherches sur votre employeur, poursuivit-il pour elle.

Elle inclina la tête, et Salim fronça les sourcils.

— Ce n'est pas là un début très prometteur.

Comme elle ouvrait la bouche pour protester, il leva la main.

— J'ai choisi votre compagnie parce que je veux le meilleur service. Je m'attends à ce que vous soyez professionnelle, discrète et très efficace.

— Je saurai me montrer à la hauteur, assura-t-elle d'un ton confiant. Croyez-moi, Votre Majesté, quand je vous dis que l'entreprise que je représente est prête à tout pour répondre à vos demandes et exaucer tous vos désirs.

Exaucer tous vos désirs…

Malgré lui, il eut l'impression de se retrouver six mois plus tôt, forcé de rentrer au Dalkhur de toute urgence, le corps à l'agonie.

Pourquoi avait-elle choisi ces mots ? Était-ce un lapsus ou la preuve qu'elle aussi ressentait toujours cette étrange attirance qui les avait liés ce soir-là ? Il brûlait de le découvrir même si ça n'avait pas d'importance. Un souverain ne pouvait pas se permettre de badiner avec des employées. Il pouvait d'ailleurs s'imaginer son père se retournant dans sa tombe à cette idée.

Quant aux anciens, qui l'avaient pratiquement supplié de se chercher une épouse pour assurer sa succession, ils seraient sans doute horrifiés de découvrir que le cheikh s'intéressait davantage à une maîtresse potentielle qu'à une épouse et future reine.

— C'est vous qui le dites, rétorqua-t-il en se forçant à se concentrer sur la conversation, mais il vous faudra faire vos preuves.

Rosanna se mordilla la lèvre, et Salim la regarda faire, fasciné.

Quel dommage qu'ils ne puissent pas reprendre là où ils s'étaient arrêtés six mois plus tôt. Il brûlait de la goûter de nouveau et de la sentir s'abandonner entre ses bras comme cette nuit-là.

Furieux contre lui-même, il s'appuya sur son bureau tout en ignorant la morsure du désir.

Si elle avait reconnu son manque de préparation, Rosanna MacIain semblait prête à relever le défi qu'il lui avait lancé, et son instinct lui soufflait qu'elle avait toutes les chances de réussir… s'il la laissait faire, bien entendu.

Son pays avait besoin de stabilité et il avait besoin d'une reine pour assurer sa succession. Peu importait qu'il n'ait aucune envie de se marier. C'était son devoir en tant que monarque.

En tant que chef suprême du Dhalkur, il prenait seul ses décisions, mais savait reconnaître l'importance de suivre la tradition quand c'était nécessaire. La respecter ou au moins en tenir compte lui permettrait de faciliter la mise en œuvre de ses réformes auprès des traditionalistes.

Fuad, son frère aîné, avait causé de nombreux dégâts par son comportement erratique lorsqu'il avait remplacé leur père à la tête du pays. Le Conseil royal avait alors décidé que l'honnête et travailleur Salim prendrait sa place en tant que cheikh à la mort du précédent souverain. Et s'il s'était efforcé de se montrer à la hauteur de la tâche qui lui avait été confiée, cherchant à nouer des relations diplomatiques et à conclure des accords économiques qui permettraient au Dhalkur de se développer, certains doutaient encore de lui et guettaient le moindre signe de faiblesse.

Dans l'espoir de rassurer ses détracteurs, il s'était résolu à suivre leurs recommandations et à se trouver une épouse, mais pas n'importe laquelle. Non, il lui fallait dénicher la perle rare, une femme qui n'avait pas connu le moindre scandale et qui pourrait être acceptée par les conservateurs qui craignaient le changement, mais également capable de l'épauler dans la mise en place des réformes qui lui tenaient tant à cœur. Elle devrait également pouvoir charmer les investisseurs étrangers tout en gagnant le cœur de son peuple. Enfin, il cherchait surtout une femme qui pourrait partager sa vie.

— Nous n'avons pas encore signé de contrat, lui rappela-t-il d'un ton froid. Étant donné les circonstances, je devrais peut-être faire appel à une autre entreprise…

Loin de paraître impressionnée par cette menace à peine voilée, Rosanna se contenta de lui faire face d'un air confiant.

La vie de Salim avait basculé en quelques instants depuis la mort de son père. Il avait été forcé de rentrer en urgence au pays et d'assumer le titre de cheikh, qui lui avait également coûté un frère. Furieux d'avoir été évincé, Fuad avait quitté le palais dans la précipitation avant de mourir dans un accident de voiture quelques heures plus tard.

En quelques jours, Salim avait perdu sa famille et pris la tête du pays. Il n'était plus un citoyen comme les autres, il était observé et jugé en permanence et ne pouvait plus se permettre de commettre la moindre erreur.

Depuis son accession au trône, peu osaient encore croiser son regard, la plupart préférant baisser la tête en signe de respect même s'il ne leur en demandait pas tant.

Rosanna MacIain, elle, n'avait pas peur de l'affronter. Elle arborait une expression sérieuse et sereine qui convenait à merveille à un entretien avec un monarque.

Pourtant, malgré son apparente sérénité, son instinct lui soufflait qu'elle lui cachait quelque chose. Et il brûlait de découvrir de quoi il s'agissait.

— Je comprends, Votre Majesté. Trouver une épouse n'est pas une mince affaire en temps normal et c'est encore plus compliqué quand cette femme est censée devenir reine. Je vous en prie, prenez tout le temps dont vous avez besoin pour décider si vous souhaitez ou non m'engager, continua-t-elle sans le quitter du regard. Je serais d'ailleurs ravie de vous fournir les informations dont vous aurez besoin pour prendre votre décision.

Salim fronça les sourcils. Elle s'adressait à lui comme si elle lui rendait un service en lui accordant son temps alors que c'était le contraire. Pour qui se prenait-elle au juste ? C'était elle qui avait manqué de professionnalisme en ne se renseignant pas sur son client, sans compter qu'elle n'avait même pas reconnu le son de sa voix alors qu'ils avaient failli…

Agacé que ses pensées le ramènent une fois de plus à cette nuit fatidique, il l'observa avec attention.

Une part de lui était rassurée que sa présence au Dhalkur soit une coïncidence et non une tentative maladroite de continuer là où ils s'étaient arrêtés en Écosse. En tant que chef d'État, il n'avait pas le droit de perdre son temps pour une liaison d'un soir, qui risquait en plus d'entacher sa réputation. Une autre cependant… n'aurait sans doute pas pu rester de marbre devant cette bouche aux lèvres parfaites qui invitaient aux baisers.

— Puis-je vous poser une question ? demanda-t-elle, le tirant de ses pensées.

Elle semblait soudain nerveuse, presque inquiète…

— Je vous en prie, répondit-il, intrigué par son brusque changement d'attitude.

— Quand vous avez contacté Marian, enfin, Mme Best, se corrigea-t-elle rapidement, saviez-vous que je travaillais pour elle ?

Profondément choqué, Salim fit de son mieux pour se maîtriser. Il n'avait jamais eu à faire beaucoup d'efforts pour séduire ou plaire aux femmes. Il lui suffisait de leur parler ou de leur adresser un regard éloquent pour qu'elles lui tombent dans les bras. Il lui était donc difficile de s'imaginer mettre au point un stratagème aussi élaboré pour retrouver une femme avec qui il avait partagé un simple instant de plaisir.

Contrairement à son frère, qui aimait à manipuler les autres pour obtenir ce qu'il voulait, Salim avait toujours privilégié une approche directe. S'il désirait une femme, il se contentait de le lui dire. Il était inutile de lui mentir ou de se servir de sa position pour arriver à ses fins.

— Vous pensez que tout cela n'est qu'un mensonge ? J'aurais contacté Mme Best dans le seul but de vous revoir ? continua-t-il sèchement.

Rosanna cilla et rougit violemment.

— Non, enfin, je ne voulais pas vous accuser de mentir… C'est… Enfin, vous devez avouer que c'est une coïncidence incroyable que nous nous soyons retrouvés de cette façon.

Elle avait raison, c'était indéniable, la situation était assez… cocasse, mais il ne pouvait pas lui donner de fausses idées. La dernière chose dont il avait besoin était qu'elle se convainque qu'il cherchait à la mettre dans son lit alors qu'il était on ne peut plus sérieux dans sa recherche d'épouse. Il n'avait pas de temps à perdre et ne pouvait pas se permettre d'échouer. Les enjeux étaient bien trop importants.

— Je peux vous assurer que je n'avais aucune idée que la femme que j'ai rencontrée à la fête d'Alistair connaissait Mme Best, déclara-t-il en plongeant son regard dans le sien. Travailliez-vous déjà pour elle à l'époque ?

— Oui, je venais de commencer. Marian était censée assister à la fête, mais elle a été retenue aux États-Unis. C'est pour ça que je l'ai remplacée, précisa-t-elle.

— Je vois. Vous représentiez l'entreprise qui a permis à Alistair et à Leonie de se rencontrer…

C'était d'ailleurs les commentaires d'Alistair sur le professionnalisme et la discrétion de la société matrimoniale qui avait poussé Salim à faire appel à elle.

Rosanna ouvrit la bouche et la referma aussitôt avant de prendre la parole d'un ton hésitant.

— Marian m'a demandé de présenter mes vœux au couple et de me mêler aux invités. Elle ne m'a pas ordonné de vous approcher, ajouta-t-elle rapidement en réalisant sans doute qu'il pouvait mal interpréter ses propos. Aucune de nous deux ne savait d'ailleurs que vous seriez présent.

Salim hocha la tête. Son séjour en Écosse avait été bref et organisé dans le plus grand secret. Il s'y était rendu pour finaliser plusieurs accords économiques avant de rentrer au Dhalkur.

L'étudiant avec attention, il ne put s'empêcher d'admirer la façon dont elle avait répondu à sa question tout en ne donnant aucun détail sur la relation professionnelle existant entre son entreprise et Alistair. Sa discrétion jouait en sa faveur. Sans cette qualité, Salim n'aurait jamais pu envisager de lui confier une mission d'une aussi grande importance.

— Si je comprends bien, vous n'aviez aucune idée de qui j'étais lors de notre rencontre en Écosse ?

Salim s'était toujours efforcé de garder sa vie privée à l'écart des médias, mais il n'était pas assez naïf pour croire que les femmes qui s'intéressaient à lui se moquaient de son statut royal. Même lorsqu'il n'était encore qu'un prince, son titre éveillait déjà toutes les convoitises et il était bien moins puissant et riche qu'aujourd'hui.

Une étrange émotion passa sur son visage et il se demanda soudain ce qu'elle s'efforçait de lui cacher.

— Aucune, affirma-t-elle d'un ton qui sous-entendait que, si ça avait été le cas, elle ne se serait jamais approchée de lui.

— Est-ce dans vos habitudes de tomber dans les bras du premier inconnu venu, mademoiselle MacIain ? rétorqua-t-il, irrité.

Il se montrait injuste, il en avait parfaitement conscience, mais c'était plus fort que lui. Elle semblait indifférente à ce qui s'était passé entre eux comme si elle l'avait déjà oublié alors qu'il en avait été incapable.

Son célibat forcé expliquait sans doute pourquoi le souvenir de cette nuit le hantait toujours. Il n'avait pas eu une minute à lui au cours de ces six derniers mois, tant sa fonction était exigeante, et le détachement de la jeune femme l'irritait prodigieusement.

— Je ne suis pas tombée dans vos bras, rétorqua-t-elle avec force.

— C'est pourtant l'impression que j'ai eue, dit-il en laissant son regard se poser sur ses lèvres. Si nous n'avions pas été interrompus…

— Nous nous souvenons de cette soirée de deux façons très différentes, affirma-t-elle en lui lançant un regard glacial. Ce fut très agréable, mais…

— Agréable ? répéta-t-il en secouant la tête. Vous vous sous-estimez, mademoiselle MacIain.

À ces mots, elle rougit de plus belle, et une étrange lueur – du désir ou de la colère ? – passa dans son regard. Salim retint un sourire. Pour une raison inconnue, il prenait un malin plaisir à la déstabiliser. Il n'avait pourtant jamais aimé tourmenter les femmes… sauf pour leur donner davantage de plaisir quand ils faisaient l'amour.

Irrité par la tournure que prenaient ses pensées, il serra les mâchoires.

— Un invité en qui j'ai toute confiance m'a recommandé vos services durant la fête, reprit-il en s'efforçant de se concentrer sur l'essentiel. J'ai donc contacté Mme Best, car je désire me marier. J'ignorais que vous travailliez pour elle.

Je désire me marier.

Ce n'était qu'un mensonge. Il n'avait aucune envie de se marier, mais il avait besoin d'une épouse pour rassurer le peuple.

Deux générations plus tôt, le cheikh ayant été incapable de produire un héritier mâle, l'instabilité avait gagné le Dhalkur. Les familles nobles avaient commencé à se déchirer pour la nomination du futur monarque. Le cheikh avait donc décidé d'épouser la veuve de son meilleur ami et d'adopter son fils, le père de Salim.

Celui-ci avait été un bon chef d'État, à la fois aimé et respecté par la noblesse et par le peuple, mais il n'avait pas pu se résoudre à mettre en place les réformes dont son pays avait besoin.

Le Dhalkur était un pays magnifique qui méritait un gouvernement stable et fort. Le cheikh étant *de facto* le chef du gouvernement, Salim avait l'intention d'accomplir son devoir et de se marier afin d'avoir un héritier qui reprendrait le flambeau à sa mort. Il se devait également de réparer les dégâts causés par son frère durant son bref règne.

Jetant un coup d'œil à sa montre, il s'aperçut que l'heure de sa vidéoconférence avec un investisseur américain approchait.

— Je vous verrai demain, mademoiselle MacIain, et je vous donnerai ma réponse.

Elle ouvrit la bouche comme si elle envisageait de tenter de le convaincre de nouveau, mais se contenta de s'humecter les lèvres.

— Je vous remercie, Votre Majesté.

Détournant le regard de sa bouche si tentante et de cette piètre tentative d'attirer son attention, il s'avisa soudain qu'elle semblait épuisée. Et si elle avait tenté de lui cacher quelque chose, c'était sans doute sa fatigue et sa nervosité face à la mission qui l'attendait et rien de plus.

S'installant à son bureau, il appuya sur un bouton. La porte s'ouvrit aussitôt et un valet de pied apparut.

— Il va vous escorter jusqu'à votre chambre. J'espère que vous passerez une bonne nuit.

— Je vous remercie, Votre Altesse.

Elle lui adressa une révérence et disparut avec le valet.

Salim resta plusieurs secondes à contempler la porte avant de secouer la tête et de se remettre au travail.

3.

Retenant un bâillement, Rosanna suivit le valet de pied en silence.

La veille, elle avait rejoint sa suite, reconnaissante que sa prochaine rencontre avec le cheikh Salim du Dhalkur ne soit prévue qu'en fin de matinée le lendemain. Elle avait besoin de temps pour se reprendre et pour se reposer.

Épuisée par le voyage, elle s'était d'ailleurs couchée de bonne heure, en vain. Le sommeil la fuyait, son esprit la ramenant toujours au mystérieux inconnu rencontré six mois plus tôt et qui s'était révélé être son nouveau client par un étrange caprice du destin.

Seule sa fierté l'avait empêchée de questionner son hôte écossais sur l'identité de l'inconnu après son départ. S'il avait vraiment souhaité la revoir, il lui aurait donné son numéro de téléphone ou au moins son nom. Mais il ne l'avait pas fait, disparaissant dans la nuit après lui avoir donné plus de plaisir qu'aucun homme avant lui alors qu'ils n'avaient échangé qu'un baiser.

C'était la première fois de son existence qu'elle avait ressenti quelque chose d'aussi intense, puissant et enivrant, des sensations si incroyables qu'elle avait d'ailleurs oublié le reste du monde pour se laisser emporter dans un tourbillon de désir.

Cette expérience lui avait également permis de se remettre en question. Si elle avait véritablement eu des sentiments pour Phil, elle n'aurait pas désiré un inconnu avec une telle force. Non, c'était son futur mari qui aurait dû éveiller en elle de tels sentiments… même s'il l'avait trahie.

Réprimant un frisson, Rosanna raffermit sa prise sur son portable comme elle traversait un long corridor de marbre.

Son inconfort ne s'expliquait pas uniquement par l'identité de son client. Les magnifiques tapis anciens, les murs richement décorés ainsi que les fournitures de bureau mises à sa disposition lui rappelaient sans cesse qu'elle avait pénétré dans un autre univers, un univers où elle n'avait pas sa place.

Pire, la vue des jardins ornés de rosiers ainsi que de citronniers embaumant l'air chaud d'effluves d'agrumes lui avait fait irrémédiablement penser au mariage… et à sa mission.

Elle ne pouvait pas se laisser décourager aussi facilement. Marian comptait sur elle, et Rosanna n'avait pas l'intention de décevoir celle qui l'avait soutenue depuis son arrivée en Angleterre, désespérée et le cœur brisé. Elle lui devait tout, et le moment était venu de lui renvoyer l'ascenseur. Peu importait qu'une part d'elle-même rechigne à imaginer Salim dans les bras d'une autre femme. C'était son travail de lui trouver une épouse.

Sa réaction était d'ailleurs complètement ridicule. Ils se connaissaient à peine et évoluaient dans des univers très différents. Pour preuve, elle ne pouvait s'adresser à lui qu'en l'appelant « Votre Altesse ». Et même si les circonstances avaient été différentes, elle n'aurait eu rien à espérer de lui. Elle ne l'intéressait pas. Il avait été on ne peut plus clair à ce sujet.

Ce n'était pas sa faute si leur rencontre six mois plus tôt l'avait complètement bouleversée. Pour lui, ce n'était sans doute qu'un baiser, mais pour elle c'était un événement qui l'avait profondément marquée, révélant une part d'elle-même dont elle ignorait l'existence et qui l'avait poussée à s'abandonner dans les bras d'un parfait inconnu.

Secouant la tête pour chasser ces pensées futiles, elle passa en revue les informations qu'elle avait trouvées dans la matinée sur Salim et sur le Dhalkur.

Si de nombreux articles parlaient de la famille royale ou du pays, très peu étaient consacrés à Salim. Et, bien qu'il ait passé de nombreuses années à l'étranger, elle n'avait pas pu trouver la moindre photo de lui en galante compagnie. De toute évidence, ce qui s'était passé entre eux en Écosse ne faisait pas partie de son comportement habituel. Du moins aimait-elle à le penser.

Ce n'était pas parce qu'il n'y avait pas de preuve qu'il collectionnait les conquêtes que ce n'était pas le cas. Il préférait vraisemblablement se montrer discret. Un homme aussi viril et séduisant que lui avait sans aucun doute énormément d'expérience avec les femmes. Il suffisait de songer à la façon dont il l'avait embrassée pour s'en convaincre.

Rosanna fronça les sourcils. Ce n'était pas une façon de penser à son client… même si le véritable problème était son incapacité à considérer Salim comme un simple client.

La veille, quand il lui avait expliqué que sa requête n'avait rien d'un stratagème élaboré pour la mettre dans son lit, elle avait eu du mal à ne pas songer à la fermeté de son torse sous sa paume, à la douceur de ses lèvres ou à la chaleur de sa langue contre la sienne l'entraînant dans une danse sensuelle qui lui avait fait perdre la tête.

Le valet de pied frappa à la porte, la ramenant brutalement à la réalité, et elle se retrouva une fois de plus face à lui.

Salim était installé à son bureau, mais il avait troqué son costume occidental contre une longue robe et un *keffiyah,* une sorte du turban. Et sa tenue semblait être un rappel, un de plus, qu'elle se trouvait face au dirigeant d'un pays et non devant un charmant inconnu rencontré au cours d'une soirée.

Malgré elle, son regard fut pourtant attiré par les traits nobles et séduisants de son visage. Sa peau semblait d'ailleurs plus sombre comparée au blanc immaculé de sa robe qui lui conférait également un air à la fois mystérieux et exotique.

Levant la tête, il plongea ses yeux dans les siens et une vague brûlante la balaya, manquant de la faire trembler de plaisir.

Comment faisait-il pour avoir un tel effet sur elle ? C'était à n'y rien comprendre. Il lui suffisait d'un regard pour lui faire oublier ses bonnes résolutions alors qu'elle s'était promis de le traiter comme n'importe quel autre client.

Soudain furieuse contre elle-même et surtout contre lui pour lui avoir fait connaître des sensations dont elle ignorait l'existence avant leur rencontre, elle refusa de baisser la tête lorsqu'il fit la révérence.

Le valet de pied referma la porte, mais Salim ne se rendit même pas compte qu'il était parti. Toute son attention était focalisée sur la jeune femme qui se tenait devant lui, s'inclinant en un geste de soumission totale que contredisait la lueur brillant dans ses yeux.

C'était un geste de provocation, et une part de lui – celle qui n'appartenait pas à un sage monarque prêt à tout pour assurer le bien-être de son peuple – brûlait de relever le défi. Il ne rêvait rien tant que de l'attirer à lui pour l'embrasser avec force jusqu'à ce qu'elle s'abandonne entièrement à lui en gémissant de plaisir comme elle l'avait fait cette nuit-là.

Las, il était souverain et les souverains ne se comportaient pas de cette façon… même s'ils en mouraient d'envie. Sa formation en tant que prince héritier lui avait appris la patience et le contrôle de soi. Il ne pouvait pas agir sur un coup de tête.

— Vous pouvez vous relever, mademoiselle MacIain. Je vous en prie, asseyez-vous.

Il continua de la dévisager un court instant avant de se forcer à baisser les yeux sur les documents posés sur son bureau, mais il ne voyait ni le texte ni les mots. L'éclat de ses magnifiques yeux semblait toujours briller dans son esprit.

Irrité contre lui-même, il serra les mâchoires. Il n'était pas comme son frère. Non, il ne laisserait pas ses désirs personnels lui faire oublier son devoir. Il était plus fort que cela, il devait l'être pour le bien de son pays.

Retenant un soupir, il rassembla ses documents et les posa sur le côté avant de relever la tête. Face à lui, Rosanna MacIain offrait l'image même d'une professionnelle.

Assise, le dos bien droit et les mains croisées sur ses genoux, elle le contemplait d'un air attentif, un léger sourire aux lèvres, dans une attitude d'attente polie et non de défi ni de désir. Se pouvait-il qu'il ait tout imaginé parce qu'il espérait secrètement qu'elle le désire autant qu'il la désirait ? Non, impossible…

— J'ai décidé de vous engager, annonça-t-il, chassant ces pensées ridicules de son esprit. J'ai déjà signé le contrat et je l'ai fait envoyer à votre patronne.

— Je vous remercie, Votre Altesse. Je suis certaine que vous serez satisfait de mes services.

Satisfait ?

Il aurait déjà de la chance si elle lui trouvait une candidate correspondant à ses critères et qu'il ne verrait pas d'inconvénient à épouser alors qu'il n'avait aucune envie de se retrouver lier à une autre personne pour le restant de son existence.

— Il ne vous reste plus qu'à signer ceci, annonça-t-il en lui tendant un document.

Fronçant les sourcils, elle le parcourut avec attention tout en se mordillant la lèvre. Une étrange émotion le saisit aussitôt, mais il se résolut à l'ignorer. C'était sans doute la satisfaction de la voir se concentrer sur son travail et non sur quelque espoir vain qu'ils puissent reprendre là où ils en étaient restés en Écosse.

— Tout ceci est déjà couvert par notre contrat, fit-elle remarquer en plongeant son regard dans le sien. La discrétion est essentielle dans mon travail.

— Je le sais bien, mais je me dois d'insister. Il faut que je sois complètement sûr que tout ce que vous découvrirez durant votre mission reste entre ses murs, expliqua-t-il avec sérieux. Il ne s'agit pas uniquement de protéger ma vie privée. Vous allez sans doute obtenir de nombreuses informations sur moi ainsi que sur mes employés et sur les procédures et coutumes du palais. Je veux que nous soyons protégés.

Il se renfonça dans son siège en attendant sa réponse. Allait-elle refuser ?

Rosanna l'étudia un instant avant de reporter son attention sur le contrat, et le respect qu'il éprouvait pour elle grandit encore. La majorité des gens qu'il rencontrait n'osaient pas s'opposer à lui. En présence d'un membre de la famille royale, ils acceptaient la moindre demande sans aucune hésitation.

— Les sanctions sont très sévères, nota-t-elle en haussant les sourcils.

— Vous êtes dans mon monde à présent, mademoiselle MacIain, et je souhaite protéger ma vie privée.

— Très bien, acquiesça-t-elle en prenant un stylo.

Elle signa et lui tendit le contrat.

— Voilà.

Il le prit et vérifia sa signature, se laissant gagner par un sentiment de soulagement. Pour peu, il aurait presque pu croire qu'elle venait de s'engager à tout autre chose qu'à protéger sa vie privée.

Chassant cette étrange idée de son esprit, il plongea son regard dans le sien et reprit :

— Parfait. Nous pouvons commencer. Comment souhaitez-vous procéder ?

— Avant toute chose, il faut que je sache ce que vous recherchez. J'ai besoin de savoir ce que vous appréciez ou n'appréciez pas chez une femme, expliqua-t-elle, ce qui est rédhibitoire et vous empêcherait d'accepter une candidate malgré ses autres qualités par exemple.

— Comme quoi ?

— À vous de me le dire, répondit-elle en haussant les épaules.

Comme il restait silencieux, elle continua :

— Certains hommes préfèrent des femmes qui ne sont jamais apparues au bras d'un autre homme.

— Vous voulez dire qu'ils veulent une vierge ?

Rosanna hocha la tête en rougissant, mais sembla le défier de la contredire quand elle croisa son regard.

Le prenait-elle pour l'un de ses obsédés de « pureté » ? À moins qu'elle ne s'imagine que son pays était tellement conservateur que seule une reine vierge pourrait être acceptable ? Quoi qu'il en soit, ses préjugés l'irritaient prodigieusement. Elle n'était pas allée jusqu'à l'accuser de promouvoir de telles idées rétrogrades, mais elle n'en avait pas besoin. Le simple fait de le mentionner était suffisant.

— Laissons de côté l'expérience sexuelle pour l'instant. Avez-vous un autre exemple à me donner ? s'enquit-il en s'efforçant de rester impassible.

Rosanna plissa un instant les yeux pour l'observer avant de lui fournir une liste. Avait-il un délai à respecter ? Ses conseillers interviendraient-ils dans sa décision ? Était-il prêt à voyager, ou les futures candidates devraient-elles venir au Dhalkur ? Souhaitait-il les voir en tête à tête ou en groupe ?

— Vous voulez les faire défiler devant moi ? demanda-t-il en haussant les sourcils, tant l'idée lui paraissait absurde.

Il s'était cru préparé à affronter la situation, mais il n'en était plus aussi sûr à présent.

— Bien sûr que non, répondit-elle aussitôt. Ce n'est pas un concours de beauté.

— Tant mieux, répliqua-t-il, soulagé. Je souhaite apprendre à les connaître et passer du temps avec elles avant de prendre ma décision.

Son emploi du temps était bien rempli, mais il trouverait un moyen de se libérer. Il était hors de question d'épouser une parfaite étrangère.

— Très bien. J'ai beaucoup de questions à vous poser, et je pourrai me mettre au travail dès que vous y aurez répondu. J'aurai besoin d'avoir une personne de contact, ajouta-t-elle, afin de gérer votre emploi du temps.

— Taqi est mon assistant. C'est lui qui organisera tout ça.

— Mais, je…

— Ce n'est pas négociable, mademoiselle MacIain. Vous pouvez trouver et contacter les différentes candidates, mais les rencontres seront organisées via mon assistant.

Comme elle ouvrait la bouche pour protester, il leva la main.

— À moins, bien sûr que vous soyez experte en protocole royal en plus de votre travail ?

À ces mots, ses yeux gris s'assombrirent, prenant la teinte de l'argent, et il en fut fasciné. C'était une couleur qu'il avait toujours associée au froid et à la maîtrise de soi, mais chez Rosanna MacIain, c'était celle du feu et d'un sacré tempérament.

— En ce qui concerne les délais, reprit-il, refusant de se laisser tenter par l'idée de la taquiner davantage, je souhaite que vous vous mettiez immédiatement au travail. Vous ne vous adresserez qu'à moi, précisa-t-il d'un ton sérieux. Je ne veux pas que ça se sache.

Surtout si elle venait à échouer...

— Je n'ai pas prévu de quitter le Dhalkur dans les prochains mois, mais je ne suis pas contre l'idée de voyager pour rencontrer une candidate.

— Je vois. Ça risque de rendre les choses plus compliquées, commenta-t-elle d'un ton prudent.

— Si vous vous sentez dépassée par la tâche, vous n'avez qu'à le dire, mademoiselle MacIain.

De nouveau, une lueur argentée passa dans ses yeux, et Salim retint un sourire. Il n'aurait pas dû prendre autant de plaisir à la défier, mais c'était plus fort que lui. Ses réactions franches et honnêtes étaient d'ailleurs très agréables comparées à l'air impassible qu'elle s'efforçait d'afficher en sa présence.

— Si vous pensez que je vais…

— Dois-je en conclure que vous êtes prête à relever le défi, mademoiselle MacIain ? la coupa-t-il de nouveau. Tant mieux, continua-t-il comme elle hochait la tête. J'ai bien conscience que ce ne sera pas facile. C'est d'ailleurs ce qui m'a convaincu d'engager une professionnelle comme vous.

Il s'interrompit pour lui laisser le temps de digérer ces informations.

— Il y a un moyen d'amener des candidates au Dhalkur sans éveiller l'attention de la population ou de lancer des rumeurs, reprit-il après un instant. Un festival sera organisé dans la capitale dans quelque temps. D'ordinaire, il est réservé aux citoyens du pays, mais nous avons décidé d'en faire un événement destiné à promouvoir notre culture et nos ressources sur la scène internationale, expliqua-t-il. C'est une occasion en or pour attirer de nouveaux investisseurs et conclure des partenariats économiques.

C'était un grand pas en avant pour le pays et, si certains de ses conseillers s'étaient montrés plutôt sceptiques, Salim avait bien l'intention de leur montrer que c'était la direction à prendre pour le bien du Dhalkur.

— En plus des festivités traditionnelles, des activités culturelles, scientifiques et de loisirs sont également prévues afin d'attirer un public plus large.

L'expression de son visage s'adoucit aussitôt, et ses lèvres s'étirèrent en un sourire qui le réjouit. Ce n'était pas une question d'attirance personnelle, non, c'était simplement la satisfaction de voir qu'ils se comprenaient parfaitement.

— Ces événements pourront donc attirer de nombreuses femmes au Dhalkur…

— Que ce soit sur invitation personnelle, poursuivit-il pour elle, ou simplement parce qu'elles sont impliquées sur la scène économique ou culturelle.

— Et je suppose que votre assistant pourra me fournir toutes les informations dont j'ai besoin ?

— Taqi est un homme plein de ressources, confirma-t-il avec un sourire.

Rosanna s'installa plus confortablement dans son siège, les yeux fixés sur l'horizon comme elle réfléchissait.

— C'est une excellente idée, affirma-t-elle en hochant la tête. Il y aura beaucoup de monde et de nombreuses activités organisées. Ça vous donnera une chance de rencontrer plusieurs candidates et de les voir interagir avec leurs collègues ou d'autres invités.

Salim retint un sourire. C'était la première fois en six mois que quelqu'un d'autre que sa cousine Tara s'adressait à lui comme à un égal et non comme au roi de son pays. L'espace d'un instant, il se demanda ce qu'elle penserait de Rosanna MacIain.

Il ne pouvait pas en être sûr, mais il était convaincu qu'elles s'entendraient à merveille. Elles étaient toutes les deux directes, franches et ne se laissaient pas intimider par quiconque, y compris par un roi.

Dans le cas de Tara, sa détermination à prendre son destin en main lui avait permis d'échapper à l'emprise de son frère, mais l'avait conduite à entrer en conflit avec le puissant cheikh de Nahrat dont elle avait fini par tomber amoureuse avant de l'épouser.

— Je suis ravi d'avoir obtenu votre approbation, mademoiselle MacIain, lâcha-t-il d'un ton sarcastique.

Elle focalisa immédiatement son attention sur lui.

— Comme je l'ai déjà dit, c'est une excellente idée, mais nous n'avons pas une minute à perdre. Commençons par déterminer le genre de femme que vous voulez, continua-t-elle en prenant des notes. Il faut que nous établissions plusieurs critères.

Salim n'était pas pudique, mais discuter de ses préférences physiques avec Rosanna le mettait mal à l'aise, car la femme qui lui venait immédiatement à l'esprit en termes d'attirance sexuelle se trouvait juste en face de lui.

— Quel genre de femme vous attire ?

— Je n'ai pas de type en particulier, répondit-il en s'efforçant de cacher son trouble. Certaines femmes sont plus séduisantes que d'autres, mais le physique ne fait pas tout.

Leur personnalité ou leur intelligence avaient un rôle important à jouer. Le sens de l'humour ou un refus de se laisser impressionner contribuaient également à éveiller son intérêt.

Rosanna l'étudia un instant en plissant les yeux.

— Je suis désolée si mes questions vous semblent trop personnelles. Je sais bien que nous sommes de parfaits étrangers…

Sauf qu'ils ne l'étaient pas, pas vraiment. Ils étaient bien plus que cela. Il se rappelait d'ailleurs la chaleur de son corps contre le sien et le goût de ses lèvres quand…

— Mais nous devons établir une liste de base, poursuivit-elle, le tirant de ses pensées. Ça m'évitera de vous faire perdre du temps en vous présentant une femme qui vous laissera de marbre.

Salim se retrouva immédiatement ramené à cette nuit en Écosse où une parfaite inconnue avait éveillé en lui un désir tel qu'il avait eu l'impression qu'un incendie avait pris possession de son corps. Sauf que cette même inconnue le contemplait à présent d'un air ennuyé parce qu'il refusait de répondre à ses questions alors qu'il l'avait engagée pour lui trouver une épouse.

— Les blondes, dit-il soudain. J'aime les blondes.

Sa dernière conquête en date l'était.

Se contentant de hausser les sourcils, Rosanna demanda :

— Autre chose ?

— La taille. Je ne veux pas avoir à me tordre le cou pour l'embrasser.

Même s'il était peu probable qu'il ait envie de couvrir sa future épouse de baisers. Il s'agissait d'un mariage de convenance et non d'amour.

— C'est tout ? s'enquit-elle, étonnée. Il faut qu'elle soit blonde et assez grande. Vous ne me facilitez pas la tâche.

L'espace d'un instant, Salim eut envie de lui dire la vérité et de lui avouer que la seule femme qu'il désirait avait des cheveux noirs et des yeux gris qui viraient à l'argent quand elle se mettait en colère. Ses baisers étaient exigeants et passionnés alors qu'elle semblait étonnamment fragile quand elle était dans ses bras.

— Je n'ai pas l'habitude de sélectionner une femme comme si je la choisissais dans un catalogue, déclara-t-il avec un soupir.

Rosanna sembla surprise, mais également étrangement satisfaite par ses paroles. Son regard se fit plus patient et compréhensif et il eut soudain l'impression de retrouver la jeune femme qu'il avait rencontrée en Écosse. Lors de leur conversation, il avait eu l'impression qu'ils se ressemblaient énormément alors qu'ils ne se connaissaient pas.

— Vous avez raison. Y a-t-il un critère ou un trait de personnalité que vous détestez ?

— Un rire suraigu, répondit-il aussitôt. Le genre qui porte sur les nerfs. Je me souviens d'avoir assisté à un dîner officiel à côté d'une femme qui n'arrêtait pas de glousser bêtement, expliqua-t-il en fronçant les sourcils. C'était insupportable.

— Elle était peut-être nerveuse. Vous pouvez être très intimidant.

Surpris, Salim plongea son regard dans le sien, et elle sembla se sentir forcée d'ajouter :

— Vous êtes membre de la famille royale, après tout. Continuons, Votre Majesté, reprit-elle en se redressant légèrement. Dites-moi ce que vous cherchez chez une femme même si ce n'est pas une qualité physique.

— Je souhaite trouver une femme qui pourra devenir ma reine. Vous comprenez qu'il y a une longue liste de critères, déclara-t-il avec un sourire amusé.

— Allez-y, dit-elle d'un air encourageant, ses magnifiques yeux gris brillant d'anticipation.

— Il faut qu'elle ne soit pas impressionnée par mon statut ni par sa future fonction. Idéalement, c'est une femme qui a déjà un statut similaire ou qui est née dans ce milieu, dit-il en se frottant le menton. Elle doit être capable de gérer le stress lié à sa fonction ainsi que l'attention du public et des médias.

— Elle doit donc faire partie d'une famille royale ou de l'aristocratie ?

Elle parlait d'un ton neutre, mais Salim n'était pas dupe. Elle le trouvait sans doute élitiste.

— Oui, répondit-il, légèrement mal à l'aise. Je ne vois aucun inconvénient à ce qu'elle soit issue d'un milieu plus modeste, ajouta-t-il en plongeant son regard dans le sien, mais je tiens à ce qu'elle soit habituée à évoluer au sein de la haute société. Je ne veux pas me retrouver avec une épouse écrasée par le poids de sa nouvelle fonction ou trop impressionnée par ses responsabilités ou le milieu dans lequel elle doit évoluer.

Il se moquait des origines sociales de sa future épouse, mais il n'avait pas le temps de lui tenir la main ou de la rassurer en permanence. C'était une union de convenance pour s'assurer un héritier et non un mariage d'amour. Il n'y croyait d'ailleurs pas et il avait besoin d'une partenaire pouvant s'adapter à n'importe quelle situation et l'assister si nécessaire, rien de plus.

— Il ne faut pas qu'elle soit égoïste, poursuivit-il après un instant. Je veux quelqu'un capable de penser aux autres et à ce dont ils ont besoin.

Rosanna pinça les lèvres et demanda :

— Une épouse attentive à vos besoins ?

— Je ne cherche pas une servante, mademoiselle MacIain.

Elle releva la tête d'un geste brusque comme si elle craignait qu'il ait lu dans ses pensées.

— J'ai un palais rempli de domestiques prêts à satisfaire le moindre de mes besoins. Je parlais d'une femme prête à mettre les besoins de mon peuple au cœur de ses préoccupations.

— Bien sûr, dit-elle en se concentrant sur ses notes, je comprends.

Salim nota cependant la rougeur s'étalant sur ses joues.

— Mais comme vous l'avez mentionné, je souhaite également qu'elle se montre attentive à mes besoins comme je me montrerai attentif aux siens. Je veux une partenaire, mademoiselle MacIain, déclara-t-il en plongeant ses yeux dans les siens, du moins autant que faire se peut.

Il allait passer le reste de son existence à servir son pays, et la tâche qui l'attendait était loin d'être facile. Les décisions irréfléchies et égoïstes de son frère avaient plongé le royaume dans le chaos et l'instabilité. Et c'était justement cette situation précaire qui l'avait poussé à se chercher une épouse… et non une âme sœur.

La mort de sa mère quand il était encore très jeune, une relation compliquée avec un père trop préoccupé par sa fonction pour passer du temps avec lui, sans compter la jalousie et la rancœur de son frère aîné, qui n'avait jamais manqué une occasion de s'en prendre à lui, tout cela lui avait appris à se débrouiller seul et à ne compter que sur lui-même.

Il ne pouvait faire confiance à personne, ne pouvait pas se permettre de faire preuve de faiblesse ni d'avouer ce qu'il ressentait. Il se devait de maintenir de la distance avec tous ceux qui l'entouraient, y compris avec ses amis. Il ne croyait pas en l'amour et n'y avait jamais cru, mais sa future épouse pouvait devenir son alliée dans le combat qui l'attendait.

— Je veux une femme intéressante, séduisante, capable d'écouter et ayant de la conversation. Elle doit être une bonne hôtesse, continua-t-il. Il faut qu'elle puisse m'accompagner lors d'événements importants mais également qu'elle soit capable de mettre à l'aise les gens nerveux de rencontrer un membre de la famille royale. Comme vous l'avez dit, ajouta-t-il avec un petit sourire, c'est une expérience qui peut être intimidante.

Rosanna se contenta de le fixer en silence comme si elle avait deviné qu'il cherchait à se venger de sa remarque un peu plus tôt.

— Je veux une femme ayant de la repartie mais également capable de se maîtriser dans les situations compliquées. Il ne faut pas non plus qu'elle se laisse marcher sur les pieds. Je veux qu'elle soit capable d'inspirer le respect à ceux qui l'entourent par ses qualités personnelles.

Il s'interrompit et la regarda noter toutes ces exigences sur son ordinateur. Et il n'en avait toujours pas fini.

— Il est également essentiel qu'elle ait une réputation sans tache. Aucun scandale, aucune rumeur attachée à son nom, rien du tout, insista-t-il.

À ces mots, Rosanna sembla tressaillir, mais elle garda le silence.

— Une femme sociable, patiente et compréhensive avec les étrangers souhaitant la rencontrer ou lui parler, même lorsqu'elle est fatiguée. Je me rends régulièrement dans différentes régions du pays, expliqua-t-il, et mon épouse devra m'accompagner. Les journées sont très longues lors de ces visites, et ma future reine devra se montrer attentive aux demandes de la population tout en gardant le sourire.

— Vous souhaitez qu'elle parle votre langue ?

— Dans l'idéal, oui, mais si ce n'est pas le cas elle devra être capable de l'apprendre.

Rosanna hocha la tête et continua à taper.

— Ce serait un plus, mais ce n'est pas essentiel si elle répond aux autres critères et si elle est prête à apprendre et à respecter la culture de mon pays.

La nationalité de sa future épouse importait peu. Il avait d'ailleurs davantage d'affinités avec des femmes étrangères parce qu'elles semblaient moins obsédées par son statut.

D'un point de vue personnel, il aurait également préféré une femme n'ayant pas peur de dire ce qu'elle voulait, y compris au lit, mais les autres critères étaient plus importants.

Levant les yeux, il s'aperçut que Rosanna l'observait comme si elle attendait quelque chose.

— Pardon ?

— Je vous ai demandé s'il y avait autre chose. C'est une longue liste pour quelqu'un qui semblait réticent à répondre à mes questions, dit-elle en penchant la tête.

Salim ne put s'empêcher de sourire. C'était exactement ce qu'il voulait. Aucune femme de son pays n'aurait osé lui parler de cette façon. Rosanna MacIain était décidément comme un souffle d'air frais au sein de son existence… même si elle n'avait pas sa place sur la liste des futures candidates.

— Laissez-moi ajouter quelques points, histoire de rendre les choses intéressantes, déclara-t-il avec un autre sourire. Je veux une épouse gentille, aimable, intelligente et qui a une bonne éducation. Elle doit avoir une bonne culture générale et de la conversation.

— Une femme parfaite sur tous les points, murmura-t-elle avec ce qui sembla être une pointe de sarcasme.

Salim ne s'en offusqua pas. C'était elle qui lui avait demandé ce qu'il voulait. Il ne faisait que s'exécuter.

— Je veux également qu'elle soit élégante ou qu'elle puisse l'être avec l'aide d'un styliste. En tant que reine, elle sera très souvent sur le devant de la scène, précisa-t-il. Il faut qu'elle ait confiance en elle. Je ne veux pas d'une fragile demoiselle, tremblant au moindre défi.

— Autre chose, Votre Majesté ?

Cette fois, elle ne chercha pas à masquer son agacement, mais sa réaction l'amusa. Il n'avait pas menti, mais il n'avait non plus cherché à lui faciliter la tâche. Allait-elle se montrer à la hauteur ?

— Maintenant que vous en parlez, oui, il y a encore autre chose. C'est le plus important, en fait, ajouta-t-il en se penchant en avant.

À ces mots, Rosanna releva la tête et croisa son regard. Une lance de désir vint se ficher dans ses reins et il se rappela la façon dont elle s'était abandonnée entre ses bras quelques mois plus tôt.

— Elle doit vouloir et être capable d'avoir des enfants, annonça-t-il d'une voix rauque.

4.

Ses mots résonnèrent au plus profond de son être, et son corps réagit aussitôt. Ce n'était pas le son de sa voix rauque et virile qui provoquait cette réaction. Non, c'était l'arrogance de sa demande.

Ce genre de condition était à la fois choquante et dépassée, et pourtant parfaitement sensée compte tenu de sa position. Elle n'était au Dhalkur que depuis la veille, mais ce bref séjour lui avait permis de comprendre l'importance d'assurer la pérennité de la famille royale. Salim avait besoin d'un héritier, mâle, bien entendu, mais que se passerait-il si sa pauvre épouse ne lui donnait que des filles ?

Pour peu, elle aurait presque pu plaindre la malheureuse qui retiendrait son attention – presque. Car sa future épouse trouverait sans doute son compte en l'épousant et, surtout, en l'ayant comme amant.

Comme elle pouvait en attester, le cheikh Salim du Dhalkur était un homme qui avait de l'expérience avec les femmes et qui savait comment leur donner du plaisir. Sa future épouse n'allait sans doute pas se faire prier pour partager son lit afin d'assurer la naissance d'un héritier.

Des images de son corps nu et musclé s'imposèrent à son esprit, et une étrange chaleur se répandit en elle.

Pinçant les lèvres, elle s'efforça de se reprendre. Elle avait un travail à faire, elle ne pouvait pas l'oublier. Si elle était là, c'était uniquement pour lui trouver une épouse, ou plutôt la femme de ses rêves. Et la tâche n'allait pas être facile.

Sa liste d'exigences était tellement longue qu'elle doutait

de trouver une candidate répondant à tous ses critères. Pour un homme qui semblait initialement mal à l'aise face au processus de sélection des candidates, il s'était rapidement adapté à la situation. Et à présent, c'était à elle de faire ses preuves.

Deux jours plus tard, la mission de Rosanna s'était encore compliquée. En plus des nombreuses demandes de Salim, elle avait été forcée de s'adapter à son emploi du temps.

Elle avait prévu de le revoir le lendemain de leur entretien pour passer différentes candidates en revue, mais son assistant lui avait annoncé que le cheikh était trop occupé pour la rencontrer. Elle avait pourtant besoin de son accord pour inviter les jeunes femmes au Dhalkur.

Comme elle passait une énième fois sa liste de candidates en revue, quelqu'un frappa à la porte.

— Oui ?

L'assistant personnel du cheikh apparut.

— Sa Majesté est prête à vous recevoir, Rosanna.

— Merveilleux ! Merci, Taqi.

Il lui avait été d'une grande aide durant ces deux jours, lui donnant des informations sur le festival ainsi que sur le protocole royal et les coutumes nationales.

Rosanna avait ainsi non seulement déniché plusieurs candidates potentielles, mais elle avait également trouvé un moyen d'organiser des rencontres sans que les jeunes femmes en question découvrent que Salim se cherchait une épouse.

Taqi inclina la tête et sembla soudain hésiter à parler. Le cœur de Rosanna se mit aussitôt à battre la chamade. L'avait-il enfin reconnue ? Savait-il qu'elle était la femme qui avait embrassé son patron en Écosse ?

— Tout va bien ? s'enquit-elle, la gorge nouée.

— Oui, c'est juste que…

Il s'interrompit et secoua la tête.

— Sa Majesté a été très occupée ces deux derniers jours. S'il vous plaît, essayez de faire vite.

Rosanna hocha la tête malgré sa réticence. Ils avaient beaucoup de travail devant eux si elle voulait obtenir son accord et lancer les invitations.

— Je ferai de mon mieux, répondit-elle.

C'était bien le moins qu'elle puisse faire étant donné que Taqi lui avait obtenu un entretien alors que le cheikh était censé avoir terminé sa journée.

Il s'inclina avec un sourire approbateur et elle réalisa qu'il s'inquiétait pour son patron.

Elle suivit Taqi dans le couloir jusqu'à une porte. Il frappa, l'ouvrit et s'effaça pour la laisser passer. Le remerciant, Rosanna entra et écarquilla les yeux en découvrant un immense salon.

Malgré la taille de la pièce, le mobilier choisi donnait à l'ensemble une atmosphère intime et confortable.

Le clou du spectacle était pourtant Salim. Vêtu d'un pantalon noir et d'une chemise blanche légèrement déboutonnée dévoilant son torse musclé, il ressemblait à un mannequin. Un nœud papillon en soie noir pendait autour de son cou, et ses cheveux étaient décoiffés comme s'il y avait passé la main… ou comme si sa maîtresse l'avait fait.

Rosanna passa rapidement la pièce en revue, mais n'aperçut personne d'autre. Il n'y avait qu'une porte menant peut-être à une chambre à coucher et par laquelle s'était enfuie l'inconnue en question ? Cette perspective l'irrita profondément. Elle n'avait pourtant pas le droit de se montrer jalouse.

S'efforçant d'oublier ces considérations ridicules, elle reporta son attention sur Salim, qui mâchait quelque chose.

Les mouvements de sa gorge et, surtout, de sa langue, quand il la passa sur ses lèvres, lui arrachèrent un frisson de désir.

Ces deux derniers jours, elle avait réussi à le chasser de son esprit… du moins pendant la journée. La nuit, c'était une autre histoire. Salim la poursuivait jusque dans ses rêves, et elle se réveillait le corps lourd de désir et la peau en feu.

— Votre Majesté, le salua-t-elle d'une voix aiguë.

— Je vous en prie, mademoiselle MacIain, dit-il en se levant pour l'inviter à s'installer, asseyez-vous.

Il sourit et elle eut soudain l'impression que de la lave en fusion coulait dans ses veines.

— J'espère que vous m'excuserez de manger durant notre entretien. Je n'ai pas eu le temps de dîner. J'avais trop de travail.

Rosanna s'exécuta, honteuse d'avoir pensé qu'il cherchait à l'éviter et préférait prendre du bon temps avec sa maîtresse.

— Gérer tout un pays ne doit pas être facile, lâcha-t-elle avant de plaquer une main sur sa bouche, horrifiée d'avoir donné son avis.

Salim écarquilla les yeux et s'immobilisa, un morceau de pain dans la main, et elle se demanda soudain si quelqu'un avait déjà osé se montrer aussi honnête avec lui.

— Ça dépend des moments, finit-il par dire en haussant les épaules. Cette semaine a été particulièrement chargée.

— Je suis désolée, je n'aurais pas…

— Ne vous excusez pas, la coupa-t-il en secouant la tête. Une telle franchise est plutôt rafraîchissante. La plupart des gens que je rencontre osent à peine ouvrir la bouche quand ils sont face à moi, ajouta-t-il avec un sourire dénué d'humour.

Rosanna grimaça. D'ordinaire, elle ne se serait jamais permis de se comporter de cette façon, mais la présence de Salim l'affectait tant qu'elle perdait tout contrôle de ses émotions.

— Quoi qu'il en soit, ce n'est pas à moi de commenter…

— Je vous en prie, l'interrompit-il de nouveau. La journée a été longue. Laissons tomber les formalités, Rosanna. À condition, bien sûr, que ça ne vous dérange pas que je vous appelle par votre prénom ?

Comment aurait-elle pu refuser, alors que sa façon de le prononcer de sa voix profonde et veloutée lui donnait l'impression d'être devenue une femme sophistiquée et sexy qui collectionnait sans doute les amants ?

Elle aurait pourtant dû insister pour qu'ils maintiennent une certaine distance entre eux. Pas parce que Salim risquait de profiter d'elle, mais parce qu'elle n'était pas sûre de pouvoir se faire confiance en sa présence.

— Faites comme il vous plaira, Votre Majesté, répondit-elle en installant son portable sur ses genoux.

— Dans ce cas, c'est ce que je vais faire, déclara-t-il en l'observant avec attention. Et quand nous sommes seuls, vous n'avez pas besoin de faire la révérence ou d'utiliser mon titre. Appelez-moi Salim.

Surprise, Rosanna tourna la tête et plongea ses yeux dans les siens. Ils avaient la couleur de l'océan et il serait très facile de s'y noyer si elle n'y prenait pas garde.

— « Votre Majesté » est trop formel après ce qui s'est passé entre nous, continua-t-il sans la quitter du regard.

Le souffle de Rosanna se bloqua dans sa poitrine.

Pourquoi ? Pourquoi en parlait-il maintenant, alors qu'elle avait fait tant d'efforts pour se comporter comme s'il ne s'était rien passé ? Salim était son client, et la seule façon de travailler avec lui était d'oublier l'Écosse. Ces instants merveilleux étaient comme la boîte de Pandore. Ils devaient impérativement y rester enfermés sans quoi le monde plongerait dans le chaos. Salim avait changé sa vie, mais il ne devait pas le découvrir.

— Vous pensez vraiment que c'est une bonne idée ? s'enquit-elle, la gorge nouée.

Les lèvres de Salim s'étirèrent en un sourire amusé.

— Ne rendez pas les choses plus difficiles qu'elles ne le sont, Rosanna. Je souhaite simplement que nous ayons une bonne relation de travail. Je vous assure que je ne m'intéresse qu'à vos compétences professionnelles, poursuivit-il d'un ton plus sec. C'est tout ce que j'attends de vous.

Il ne pouvait pas être plus clair. Ce qu'ils avaient partagé cette nuit-là appartenait au passé. Cette expérience qui avait changé sa vie, mais à peine marqué celle de Salim, ne se reproduirait plus. Elle devait l'oublier.

— Je me suis bien fait comprendre ? insista-t-il.

— Parfaitement, Votre Majesté, rétorqua-t-elle froidement.

Visiblement choqué par sa réaction, il haussa les sourcils et Rosanna frissonna. Elle se trouvait face au souverain d'un pays, un homme dont la parole avait force de loi, l'autorité absolue. Si elle ne lui donnait pas satisfaction, l'entreprise de sa tante en paierait le prix. Elle ne pouvait pas l'oublier.

— Je comprends, Salim, reprit-elle en s'efforçant d'ignorer les battements désordonnés de son cœur ou la façon dont son prénom semblait s'attarder sur sa langue, presque comme un dessert particulièrement délectable.

Redressant les épaules, elle reprit :

— J'ai établi une liste préliminaire que j'aimerais vous soumettre.

— Déjà ? fit-il, étonné. Parfait !

Pourquoi était-il aussi surpris ? Ne s'était-elle pas engagée à lui fournir des résultats le plus rapidement possible ?

Irritée qu'il ait douté d'elle, mais ravie d'avoir réussi à le surprendre, elle demanda :

— Avez-vous le temps de l'étudier ? Ou préférez-vous que je vous la laisse pour la lire quand vous aurez plus de temps ?

— Je préfère commencer directement.

Rosanna plissa les yeux. Il ne semblait pas vraiment impatient de trouver sa future épouse. Au contraire, il avait l'air… méfiant. C'était pourtant lui qui l'avait engagée pour trouver la perle rare, sa partenaire, sa future reine… mais pas son âme sœur. Il n'avait d'ailleurs pas parlé d'amour quand il avait décrit sa future épouse. Il souhaitait conclure un mariage de convenance.

Pourtant, à le voir ainsi dévorer des raisins, le corps alangui et parfaitement détendu, sa chemise ouverte dévoilant sa peau bronzée qui semblait inviter aux caresses, il était difficile de l'imaginer traiter son épouse avec indifférence. Non, il était l'image même de l'amant attentionné qui emmènerait son épouse au-delà des limites du plaisir connu ou celle d'un roi figurant sur la couverture d'un roman érotique, attendant patiemment la venue de sa concubine.

— Rosanna, vous êtes prête ? demanda-t-il, sa voix profonde la tirant de ses pensées.

Rougissant violemment, elle baissa la tête, regrettant que

ses cheveux ne puissent pas cacher son visage. Elle réagissait comme une vierge effarouchée qui n'avait jamais vu un homme de sa vie.

— Je suis prête, dit-elle en posant son portable sur la table entre eux. Voici la première candidate.

Elle pensait avoir fait du bon travail, mais Salim rejeta les trois premières épouses potentielles avant qu'elle ait eu le temps de lui donner toutes les informations les concernant. Il ne se montrait pas particulièrement désagréable ou même déraisonnable, mais il semblait avoir l'œil pour repérer le petit détail qui lui permettrait d'éliminer aussitôt une candidate.

Comme elle prenait des notes, il demanda :

— Vous trouvez que je suis trop exigeant ?

Relevant la tête, elle s'avisa qu'il était toujours à moitié allongé, mais son regard était vif. Il ressemblait à ces grands fauves qui s'efforcent d'endormir la méfiance de leur proie avant de leur sauter dessus pour les dévorer.

Malgré elle, une vague de chaleur se répandit dans ses membres.

Elle avait toujours été attirée par les hommes intelligents, capables de prendre des décisions difficiles et de gérer des situations complexes. C'était une qualité incroyablement sexy… mais pas chez son employeur et surtout pas s'il la payait pour lui trouver une épouse !

— Pas du tout. C'est une décision importante et j'apprécie votre sérieux et votre détermination.

D'autres clients lui avaient compliqué la tâche en refusant de lui dire ce qu'ils cherchaient vraiment. Salim était exigeant, mais ses remarques honnêtes et directes lui permettraient au moins d'avancer dans ses recherches. Elle avait d'ailleurs l'impression d'avoir une meilleure idée de ce qu'il voulait depuis qu'ils avaient commencé à passer la liste des candidates en revue.

— Vos remarques sont extrêmement pertinentes et utiles.

D'autant qu'elle n'avait pas été assez stupide pour lui présenter ses meilleures propositions dès le début. Non, il fallait lui donner une chance de réfléchir plus sérieusement encore à ce qu'il attendait vraiment de sa future épouse.

— Dans ce cas, continuons.

Rosanna se pencha et sélectionna le dossier d'une femme qui ne figurait pas sur sa liste originelle mais qui ferait pourtant une reine idéale.

— J'ai pris un risque avec celle-ci, annonça-t-elle. Elle n'est pas blonde ni très grande, mais elle répond à de nombreux autres critères.

Sur le papier, c'était la candidate idéale, mais Salim ne semblait pas partager son enthousiasme.

— La princesse Amina ? Elle est dans vos contacts ? C'est l'une de vos clientes ? demanda-t-il, visiblement surpris.

— Non, mais je ne gère pas un site de rencontres. Mon travail est de vous trouver une femme, expliqua-t-elle, et je ne peux pas me limiter à ma clientèle. Je dois voir plus loin.

Salim sembla à nouveau étonné et elle fronça les sourcils. Pourquoi l'avait-il engagée s'il avait une si mauvaise opinion de son agence ?

Inspirant profondément, Rosanna s'efforça de se calmer. Salim était son client. C'était un homme puissant sans doute plus habitué à poser les questions qu'à y répondre, mais elle avait besoin de mieux le comprendre pour satisfaire ses demandes.

Si elle était venue au Dhalkur, ce n'était pas uniquement pour rendre service à sa tante. Bien sûr, elle lui était reconnaissante de lui avoir offert un travail à son arrivée en Angleterre, mais elle tenait également à se prouver qu'elle était capable d'accomplir une mission de cette ampleur. C'était son premier véritable test après la catastrophe qui avait anéanti sa confiance en elle et son estime de soi juste avant son départ précipité d'Australie, et elle avait l'intention de le réussir haut la main.

— Votre Majesté… Salim, se corrigea-t-elle comme il haussait les sourcils, y a-t-il quelque chose que j'ignore ? Avez-vous une raison de douter des services de mon agence ?

Il la contempla un instant en silence comme s'il ne s'attendait pas à ce qu'elle ose le questionner ou plutôt comme s'il s'étonnait qu'elle l'ait percé à jour.

Refusant de se laisser impressionner, Rosanna poursuivit :

— Je ne peux pas résoudre les problèmes dont j'ignore l'existence. Je préférerais que vous soyez honnête afin que nous puissions avancer.

— Vous avez raison. Je suis navré, ajouta-t-il en se passant la main dans les cheveux. C'est juste que… ça me semble tellement démodé de faire appel à une agence matrimoniale… Votre compagnie m'a été recommandée par un ami en qui j'ai toute confiance, poursuivit-il en plongeant son regard dans le sien, mais j'ai du mal à croire que c'est ainsi que je vais me trouver une épouse.

Rosanna voulut répliquer mais il ne lui en laissa pas le temps.

— Je ne suis pas non plus très à l'aise pour parler de ma vie privée ou de mes préférences personnelles. C'est peut-être dû à la façon dont j'ai été éduqué, confia-t-il en haussant les épaules. Et, comme je vous l'ai déjà dit, ce n'est pas ainsi que j'ai l'habitude d'envisager une relation avec une femme.

— Je vous remercie de votre honnêteté.

Elle ne s'attendait pas du tout à ce qu'il se montre aussi franc et brûlait à présent d'en savoir plus sur sa famille et sur son éducation. Las, elle n'avait pas le droit de lui poser ce genre de question.

— Je comprends parfaitement que notre conversation puisse vous mettre mal à l'aise. Je travaille dans ce milieu, mais je ne suis pas certaine que je pourrais faire appel à une société comme la mienne, ajouta-t-elle après un instant.

Elle avait toujours imaginé qu'elle rencontrerait l'homme de ses rêves et qu'ils construiraient leur avenir ensemble. C'était ce qui s'était passé avec Phil… sauf qu'il n'avait rien d'un prince charmant et leur relation, rien d'un conte de fées.

Malgré elle, son cœur se serra douloureusement en songeant à l'erreur qu'elle avait commise, et elle retint une grimace.

Salim l'observait toujours et elle ne voulait pas qu'il se doute de quoi que ce soit. Elle aimait sa façon de la regarder, son regard direct et franc même s'il la mettait parfois mal à l'aise. Lui aurait sans doute toujours le courage de lui dire ce qu'il pensait, contrairement à…

— Je vous assure que ces questions n'ont pour but que de m'aider à vous trouver la candidate idéale, déclara-t-elle en s'efforçant d'oublier ce passé douloureux. Et les agences matrimoniales ne sont pas aussi démodées que vous le pensez. Elles existent depuis des siècles et existeront sans doute encore longtemps. Non seulement elles permettent de mettre en relation des gens qui n'auraient sans doute jamais pu se rencontrer autrement, mais elles peuvent également éviter de commettre des erreurs comme de se laisser aveugler par le désir ou de fausses promesses.

Salim se redressa.

— C'est un discours plutôt… pessimiste. Vous ne croyez pas à l'amour ? Et vous ne pensez pas que l'attirance physique puisse être une bonne base pour une relation amoureuse ?

Et vous ? eut-elle envie de demander même si elle connaissait déjà la réponse. Salim ne s'intéressait pas à l'amour.

Leurs regards se croisèrent, et une nouvelle vague de désir la balaya. Luttant pour ne rien laisser transparaître, elle s'efforça d'ignorer la chaleur se répandant dans son ventre et les picotements sur sa peau.

— Je n'irais pas jusqu'à dire que je suis pessimiste, rétorqua-t-elle en penchant la tête.

Elle avait simplement été déçue… mais Salim n'avait pas besoin de le savoir. Elle n'avait aucune envie de lui parler de ce qui lui était arrivé.

— Disons que j'essaie de me montrer prudente et pragmatique. L'objectif de mon entreprise est de faire en sorte que nos clients soient heureux sur le long terme et pas simplement au début d'une relation, expliqua-t-elle, sérieuse.

Salim plissa les yeux et continua à l'observer avec attention comme s'il sentait qu'elle lui cachait quelque chose.

Heureusement, il finit par hocher la tête pour se reconcentrer sur l'écran du portable.

— Très bien. Parlez-moi de la princesse, demanda-t-il. Pourquoi l'avez-vous sélectionnée ?

Rosanna retint un soupir de soulagement.

— La princesse Amina vient d'un royaume voisin. Elle connaît donc la région ainsi que la politique de votre pays, expliqua-t-elle. Elle a une excellente éducation, possède de solides compétences diplomatiques et est habituée à paraître en public. Elle répond à la majorité de vos critères. Elle est élégante, souriante et, d'après ce que je sais, non seulement elle est très patiente et compréhensive, mais elle a également un grand sens de l'humour.

Salim inclina la tête.

— Je vois que vous prenez votre travail au sérieux. Je n'avais pas pensé à elle, avoua-t-il avec un sourire. Autre chose ?

Rosanna consulta ses notes.

— Il semble qu'elle soit en bonne santé.

C'était tout ce qu'elle pouvait dire sur sa capacité à avoir ou non des enfants.

— Malheureusement, vous avez négligé un élément important, annonça-t-il d'un air sombre.

Rosanna fronça les sourcils. C'était impossible. Elle avait passé des heures à vérifier et à revérifier ces informations.

— Sa sœur aînée, expliqua Salim comme elle l'observait sans comprendre.

Rosanna secoua la tête.

— J'admets qu'elle pourrait apparaître comme une excellente candidate, mais je ne l'ai pas retenue. D'après ce que je sais, elle n'a pas les qualités requises pour être votre épouse, ajouta-t-elle d'un ton hésitant.

Les informations qu'elle avait rassemblées la décrivaient comme une femme égoïste, pourrie gâtée et colérique.

Salim sourit, et le cœur de Rosanna se mit à battre la chamade. Elle faillit d'ailleurs l'imiter tant ses yeux sombres étincelaient d'humour. Sa petite voix intérieure lui hurlait pourtant de résister et de ne pas franchir la ligne. Il fallait impérativement garder une certaine distance entre eux sans quoi ils couraient à la catastrophe.

— C'est peu dire, déclara-t-il d'un air amusé. Elle est capricieuse, égocentrique, suffisante et horriblement têtue. Elle est également convaincue qu'elle ferait une reine idéale pour le Dhalkur, poursuivit-il avec une grimace, alors que je lui ai déjà fait comprendre que je ne partageais pas son avis.

Rosanna écarquilla les yeux.

— Vous voulez dire qu'elle a déjà essayé de…

Salim retrouva aussitôt son sérieux.

— Je n'ai pas envie d'en parler. Disons simplement que la perspective de me retrouver lié à cette famille ne m'enchante pas.

Rosanna mourait d'envie de savoir ce qu'elle avait fait. Avait-elle cherché à le piéger ou à le séduire ?

Pour une raison inconnue, elle était en colère contre la princesse. Son comportement était à la fois abject et impardonnable. Salim méritait mieux… même s'il n'avait pas besoin d'elle pour le défendre. Alors pourquoi se sentait-elle aussi tendue, irritée et furieuse ? C'était la première fois qu'elle ressentait une émotion aussi violente. Sa réaction était incompréhensible à moins… à moins que ce ne soit de la jalousie ?! Non, impossible !

Horrifiée, elle leva le bras comme pour se protéger, et son portable glissa de la table.

Comme elle se penchait pour le rattraper, son épaule heurta celle de Salim qui s'était lui aussi précipité vers l'avant, et sa main couvrit la sienne quand elle agrippa son ordinateur.

Son rythme cardiaque s'accéléra brutalement, les battements de son cœur résonnant à ses oreilles et couvrant tout autre son.

Salim lui prit le poignet, et son souffle se bloqua dans sa poitrine quand elle se força à croiser son regard. Ses yeux sombres étaient posés sur elle, et il était si proche qu'elle pouvait sentir son souffle chaud sur sa joue.

L'espace d'un instant, elle eut envie de lui toucher le visage et de l'explorer de ses doigts. La perspective d'effleurer sa peau lui procura des frissons de plaisir. Tous les sentiments qu'elle s'était efforcée de réprimer depuis des jours revenaient à la charge, plus puissants que jamais. Son corps était en feu et son instinct lui hurlait de se jeter dans ses bras pour assouvir cette faim insatiable qu'il avait éveillée en elle.

Las, elle ne pouvait pas se le permettre. Salim était son client et elle devait impérativement reprendre ses esprits. Il lui suffisait de s'écarter et de mettre de la distance entre eux… mais elle ne pouvait s'y résoudre. Elle avait l'impression d'être coupée du monde extérieur. Ils étaient seuls, dans une bulle où rien n'existait qu'eux deux.

Salim déglutit, et Rosanna l'observa, fascinée par le mouvement des muscles de sa gorge. Que lui arrivait-il ? Et comment un simple geste pouvait-il être aussi érotique ? Ça n'avait aucun sens.

Ivre de désir, elle s'humecta les lèvres, espérant trouver les mots qui viendraient briser le sort, mais c'est la voix de Salim qui résonna soudain, profonde et veloutée, et si tentante…

— Rosanna…, souffla-t-il en la libérant enfin.

Les jambes tremblantes, elle s'accrocha au canapé pour se relever. Elle avait l'impression que ses membres ne lui obéissaient plus.

Prenant garde à ne pas la toucher, Salim lui tendit son portable.

— Il est tard, déclara-t-il d'un air parfaitement impassible. Envoyez-moi les dossiers. J'y jetterai un coup d'œil quand j'en aurai l'occasion et je vous ferai un retour.

— Très bien, rétorqua-t-elle en s'efforçant de sourire. C'est… C'est une bonne idée. J'attendrai vos remarques.

Tournant les talons, elle quitta le salon et laissa un valet la raccompagner jusqu'à sa chambre.

Comme ils traversaient le couloir, elle dut se forcer à

respirer lentement pour se calmer. Comment avait-elle pu être aussi stupide ? Elle avait failli se jeter dans les bras de Salim et le supplier de lui faire l'amour.

Il ne restait plus qu'à espérer que Salim ne s'en soit pas aperçu et qu'il ignore qu'elle avait été sur le point d'oublier à la fois sa fierté ainsi que son travail pour un instant de plaisir.

5.

— Je dois vous féliciter, Votre Majesté. Votre projet de nouvel hôpital est incroyable.

Salim croisa le regard azur de son interlocutrice, qui lui souriait.

— Je vous remercie, docteur. J'espère qu'il fera la différence.

— Je vous en prie, appelez-moi Ingrid, rétorqua-t-elle en secouant la tête, ses boucles blondes semblant étinceler sous la lumière dorée de la salle.

— Je vous remercie, Ingrid.

Avec son élégante robe rouge et ses escarpins à talons aiguilles, elle ressemblait davantage à un mannequin qu'à une spécialiste en pédiatrie. Elle semblait également parfaitement à l'aise à cette soirée destinée à accueillir les visiteurs étrangers venus assister aux festivités organisées dans le pays. Ce qui n'était évidemment pas pour lui déplaire. La doctoresse ne semblait intimidée ni par le décor ni par le fait de s'adresser à un roi.

— Ce nouvel hôpital sera un atout pour la région, mais également pour l'ensemble de votre pays, continua-t-elle avec un enthousiasme non dissimulé. Avec le financement dont vous avez parlé, le centre de recherches pourrait bien devenir le leader mondial en la matière. Certains n'en comprennent peut-être pas l'intérêt, mais c'est très intelligent de votre part d'avoir fait de la santé maternelle et infantile l'une de vos priorités. Il était temps que ce sujet soit pris au sérieux.

Salim hocha la tête, intéressé. La jeune médecin faisait une candidate parfaite. Elle était à la fois intelligente, compétente, très belle, et était également capable de défendre les sujets qui lui tenaient à cœur. Rosanna avait fait du bon travail en la sélectionnant mais… c'était elle qui était au centre de ses préoccupations.

Pour la énième fois depuis le début de la soirée, il ne put s'empêcher de la chercher du regard. Elle était incroyablement séduisante et très élégante dans sa robe combinant un vert profond et à gris sombre et rappelant la brume recouvrant les forêts dans les fjords norvégiens.

Ils ne s'étaient pratiquement pas vus depuis cette fameuse soirée dans ses appartements où il avait fait l'erreur de la toucher. Rosanna s'était aussitôt écartée comme si elle aussi ressentait cette incroyable connexion qui les liait et avait choisi de la rejeter.

Il avait simplement voulu rattraper son portable, mais quelque chose avait changé quand leurs mains s'étaient touchées. Et lorsqu'il lui avait pris le poignet, les battements désordonnés de son cœur avaient éveillé en lui un besoin impérieux et primitif qui n'avait pas sa place dans la vie d'un homme comme lui.

La mort de sa mère à un très jeune âge, l'absence de son père ainsi que son éducation stricte avaient fait de lui un homme dont le devoir était d'ignorer ses propres désirs pour le bien de son pays. La cruauté de son frère aîné, toujours prêt à profiter du moindre signe de faiblesse pour le torturer lui avait également appris à ériger des barrières pour se protéger du monde extérieur. Il ne devait laisser transparaître ses sentiments sous aucun prétexte. Il ne devait pas non plus les laisser guider ses décisions.

Le Dhalkur avait besoin de lui, et il devait faire ses preuves après la débâcle causée par le règne de Fuad. Le pays avait besoin d'un monarque réfléchi et déterminé et non d'un homme se laissant distraire par des considérations ridicules.

Salim ne pouvait pas se permettre de prendre du bon temps avec Rosanna. Il l'avait engagée pour accomplir un travail. Il était son employeur et son client. Rosanna était censée lui trouver une épouse. Quel genre d'homme serait-il s'il entamait une liaison avec elle dans ces conditions ?

Et pourtant… il n'arrêtait pas de penser à elle. C'était d'ailleurs ses yeux gris qui lui apparaissaient quand il avait lu les dossiers qu'elle lui avait envoyés. Et quand il l'écoutait parler, il n'avait qu'une envie : combler la distance qui les séparait pour l'embrasser. Pire encore, la nuit, son image le torturait, le laissant le corps brûlant et ivre de désir inassouvi…

— Ah, l'intrigante, Mlle MacIain ! Je suis ravi de vous rencontrer.

Rosanna sourit malgré son instinct qui lui hurlait de se montrer prudente.

Son interlocuteur, le ministre des Finances du Dhalkur était un homme puissant si l'on en croyait les rumeurs circulant au palais. Même Taqi parlait de lui avec respect alors qu'il était évident qu'il ne l'appréciait pas.

— Je suis ravie de vous rencontrer, monsieur, déclara-t-elle malgré sa méfiance. Je crains pourtant de devoir vous décevoir. Je n'ai rien d'intrigant.

Il hocha rapidement la tête comme si sa remarque ne l'intéressait pas.

— Qu'est-ce qui vous amène ici ? demanda-t-il, ses yeux froids brillant de curiosité. J'ai entendu dire que vous travailliez en étroite collaboration avec notre cheikh, mais personne ne semble savoir ce que vous faites exactement. Est-ce personnel ? J'espère que vous ne me trouvez pas indiscret ? ajouta-t-il en se penchant en avant.

Rosanna refusa de se laisser impressionner. Était-il jaloux qu'une étrangère comme elle soit proche du roi ? Ou avait-il deviné que Salim se cherchait une épouse ?

Quoi qu'il en soit, ce dernier lui avait demandé de garder le secret afin de ne pas créer des conflits entre des familles nobles. Si l'une d'entre elles découvrait la vérité, elle chercherait à mettre en avant sa propre candidate par tous les moyens.

Heureusement, la discrétion était le maître mot au sein de l'entreprise de Marian. La société possédait bien un site Internet, mais sa présence en ligne était discrète et aucun nom n'y était mentionné. Il était donc impossible de relier Rosanna à l'agence matrimoniale.

— Je peux répondre à cette question, intervint une voix profonde, juste derrière elle. Mlle MacIain est experte en recrutement.

Son timbre riche et velouté eut un effet immédiat sur son corps. Ses muscles se tendirent, et une chaleur intense se déversa en elle tandis que le frottement du tissu contre sa peau lui semblait soudain insupportable.

Elle se retrouva brusquement ramenée à ce soir-là, quand il lui avait pris le poignet et qu'elle avait eu envie de se jeter dans ses bras pour l'embrasser.

— Mlle MacIain m'aide à régler un problème personnel, poursuivit-il. Ne vous inquiétez pas, je la paie avec mes fonds propres. Je ne vais pas toucher à votre budget.

— Votre Majesté, je n'oserais jamais insinuer que…

— Je le sais bien, le coupa Salim d'un ton sec qui la surprit. Mlle MacIain a un diplôme en psychologie. Elle possède également une solide expérience dans la gestion d'entreprise. Elle pourra peut-être vous donner des conseils quand j'en aurai fini avec elle, ajouta-t-il froidement. J'ai entendu dire qu'il y avait quelques irrégularités au sein de votre département.

Le ministre cilla, et Rosanna dut retenir un sourire. Il n'avait plus rien de l'homme hautain et méprisant qui l'avait abordée un peu plus tôt.

— Je crains que les rumeurs soient exagérées. Ce n'était qu'un détail insignifiant et je m'en suis déjà occupé. Tout rentrera dans l'ordre très bientôt.

Le ministre s'attarda un instant pour lui parler des endroits qu'elle devait impérativement visiter durant son séjour avant de s'éloigner.

— Quel est le problème avec son département ? demanda-t-elle discrètement après son départ. Votre remarque ne lui a pas plu du tout.

Salim se tourna pour lui faire face et son cœur se mit à battre la chamade. Il ressemblait plus que jamais à un roi puissant et respecté, mais une lueur amusée brillait dans ses yeux, le rendant plus accessible… et incroyablement plus séduisant.

— Népotisme, répondit-il en se penchant légèrement vers elle. Mon frère aimait confier des postes importants à ses partisans et non à ceux qui le méritaient. Certains membres du gouvernement ont suivi son exemple, ajouta-t-il en jetant un coup d'œil au ministre qui s'adressait à un petit groupe d'invités. Quand je suis monté sur le trône, j'ai fait clairement comprendre que je ne tolérerai pas le favoritisme, mais certains sont plus difficiles à convaincre que d'autres.

— Je comprends mieux sa réaction.

Pour un homme qui appréciait autant le pouvoir, être réprimandé par son cheikh, même de façon détournée, était sans doute un affront et une humiliation.

— Il est toujours comme ça. Il ne peut d'ailleurs s'en prendre qu'à lui-même. Il n'avait pas le droit de vous questionner de la sorte, poursuivit-il, une lueur agacée passant rapidement dans ses yeux.

— Que voulez-vous dire ? s'enquit-elle en fronçant les sourcils.

Salim regarda discrètement autour d'eux comme pour s'assurer que personne ne pouvait les entendre avant de répondre.

— Il aime être au courant de ce qui se passe, et sa nièce est sur votre liste.

— Elle l'est ? Je n'étais pas au courant. Comment pourrait-il savoir pourquoi je suis là ? Il n'y a que vous et moi qui…

— Il ne sait rien, l'interrompit-il d'une voix rassurante. Mais en tant que membre du gouvernement, il m'encourage à me marier.

— Vous pensez qu'il soupçonne quelque chose ?

Salim plongea son regard dans le sien, et son souffle se fit court. Il semblait sonder les tréfonds de son âme afin de découvrir ses plus sombres secrets. Elle était incapable de lui échapper. Pire, elle n'en avait pas envie.

— Je ne crois pas. Il pense que vous êtes là pour unc tout

autre raison, affirma-t-il, toute trace d'humour ayant disparu de son visage.

Rosanna l'observa avec attention, en vain.

— Il va falloir que vous m'expliquiez, car je n'ai pas la moindre idée de ce dont vous parlez.

Visiblement surpris, Salim haussa les sourcils.

— Pour quelle raison un homme inviterait-il une magnifique jeune femme à séjourner chez lui ?

Il lui fallut plusieurs minutes pour comprendre ce qu'il voulait dire tant elle était perturbée par sa remarque. Il l'avait qualifiée de « magnifique jeune femme » !

Ce qu'il avait cherché à lui dire était pourtant évident : le ministre croyait qu'elle était sa maîtresse !

Ignorant si elle devait se sentir flattée ou insultée, elle rétorqua :

— Mais… c'est, enfin…

— C'était prévisible ? Oui, j'aurais dû y penser.

Perturbée, Rosanna passa la foule en revue, mais aucun autre invité ne semblait s'intéresser à elle ou la contempler avec autant de mépris que le ministre des Finances.

— Il ne croit quand même pas que je représente un obstacle pour sa nièce ?

Elle s'interrompit, réalisant que, même s'ils étaient seuls, il valait mieux être discrète.

— Que je pourrais prendre sa place ? continua-t-elle plus doucement.

— Vous vous sous-estimez. Vous êtes intelligente, intéressante et vous êtes absolument charmante ce soir. En fait, continua-t-il, sa voix se réduisant à un murmure captivant, je suis surpris que vous ne soyez pas entourée par une foule d'admirateurs. Cette robe est faite pour attirer les regards.

— Attirer les regards ? répéta-t-elle, choquée.

— Ne paraissez pas aussi surprise. Vous devez savoir que vous êtes ravissante.

Rosanna ouvrit la bouche et la referma aussitôt. Ravissante !

Salim la trouvait ravissante ! Phil ne lui avait jamais fait ce genre de compliment !

Quant à sa robe, si le modèle était plutôt moulant, ses bras ainsi que ses épaules étaient soustraits au regard par un voile gris qui couvrait également le reste de sa tenue, lui donnant un air discret et distingué.

— Vous trouvez que ma robe est provocante ?

— Je n'irais pas jusque-là. Disons qu'elle est… sexy, ajouta-t-il, une étrange lueur s'allumant dans ses yeux. Le voile donne l'envie d'en découvrir davantage. Quant au tissu, il met vos formes en valeur d'une manière…

Il s'interrompit et secoua la tête.

— Vous n'êtes pas naïve, mademoiselle MacIain. Vous savez exactement quel effet vous avez sur un homme.

Quel effet elle avait sur un homme, elle !

Salim la trouvait sexy, ce qui n'aurait pas dû la ravir, mais c'était pourtant le cas. Cela faisait si longtemps qu'elle ne s'était pas sentie désirable, depuis sa rupture avec Phil en fait. Et par la suite, elle avait été bien trop préoccupée par son travail et sa détermination à se construire une nouvelle vie pour s'inquiéter de ce genre de considération.

— Je n'ai pas l'intention de m'excuser, lâcha-t-elle. C'est une très belle robe et j'aime la porter.

— Je ne m'attendais pas à ce que vous le fassiez, déclara-t-il d'un ton grave. Il faut que j'y aille. J'ai d'autres invités à voir.

Rosanna suivit son regard et aperçut la médecin scandinave qu'elle avait elle-même sélectionnée comme épouse potentielle, se tenant au milieu d'un petit groupe d'hommes qui semblaient pendus à ses lèvres. Salim n'avait pas d'autres invités à voir, il voulait simplement aller la retrouver.

C'était une excellente nouvelle, car c'était la première fois qu'il manifestait de l'intérêt pour l'une des candidates, mais une part d'elle-même ne pouvait pas s'empêcher d'être déçue qu'il la quitte pour aller la rejoindre. Ça n'avait pourtant aucun sens. Salim l'avait engagée pour lui trouver une épouse, et elle venait enfin de faire des progrès, alors pourquoi se sentait-elle aussi mal ? Parce qu'elle aurait préféré qu'il renonce à cette jolie blonde pour elle ?

Choquée par la tournure que prenaient ses pensées, elle secoua la tête et posa la main sur son cœur.

— Quelque chose ne va pas ? demanda Salim en plissant les yeux.

— Non, je…

Il fallait impérativement qu'elle détourne son attention.

— Je me demandais simplement comment vous saviez que j'étais diplômée en psychologie ?

— Vous pensez vraiment que je vous aurais engagée sans faire les vérifications d'usage ? Non, je n'ai pas mené l'enquête sur vous, continua-t-il comme elle haussait les sourcils. J'ai simplement vérifié vos références. Je n'ai pas pour habitude de signer un contrat sans m'assurer que l'autre parti est capable de remplir ses engagements.

Était-ce un fait ou cherchait-il à lui rappeler son manque de préparation lors de son arrivée ? Elle l'ignorait mais, quoi qu'il en soit, c'était un rappel à l'ordre bienvenu.

— Je vois. Je ferais mieux de vous laisser retrouver vos invités, ajouta-t-elle en s'écartant. Sans quoi, ils vont penser que je cherche à monopoliser votre attention.

Rosanna MacIain ne cherchait certes pas à monopoliser son attention, mais elle y était pourtant arrivée.

Malgré lui, il passa le reste de la soirée à la surveiller du coin de l'œil, y compris lorsqu'il discutait avec les femmes qu'elle avait invitées pour lui.

Elle avait d'ailleurs fait de l'excellent travail. Chacune était belle, intelligente, assurée et possédait en outre de nombreuses qualités qu'il recherchait. Elles étaient également toutes blondes et lui arrivaient à l'épaule, prouvant une fois de plus que Rosanna avait pris ses remarques à cœur.

L'imaginant penchée sur ses dossiers, pour lui trouver une femme capable de répondre à ses critères, il dut retenir un frisson d'excitation. Depuis qu'elle était entrée dans sa vie, elle semblait être la seule à pouvoir satisfaire ses besoins…

Au début, il avait mis sa réaction sur le compte de son célibat forcé, mais ce n'était qu'une excuse. Le véritable problème était Rosanna MacIain, une femme sérieuse, consciencieuse, intelligente, têtue, volontaire et incroyablement sexy. Elle était tout simplement irrésistible, peu importait sa tenue. Et ses lèvres… elles étaient une invitation à la luxure comme l'était d'ailleurs son corps aux courbes parfaites, qui s'était si bien abandonné entre ses bras.

Se forçant à se concentrer sur la conversation, il félicita une candidate sélectionnée par Rosanna pour sa maîtrise de la langue nationale. Il s'agissait d'une diplomate française qui parlait cinq langues, possédait un rire sexy et contagieux et qui adorait la nature. Elle aussi était élégante, séduisante et très spirituelle.

Rosanna avait fait un excellent choix mais, malgré tous ses efforts, son attention était irrémédiablement attirée par la jeune femme à la robe sombre qui se tenait de l'autre côté de la pièce.

Furieux contre lui-même et contre elle, il serra les poings.

Que diable lui arrivait-il ? Il n'avait pas de temps à perdre. Il avait besoin d'une épouse et non de se laisser distraire par la femme qu'il avait engagée dans ce but. Il devait impérativement se reprendre, sans quoi il devrait la renvoyer. C'était la seule solution : ou il trouvait un moyen de se contrôler ou il devrait se passer de ses services.

6.

— Votre Majesté.

Rosanna s'efforça de parler d'une voix égale malgré sa frustration.

Salim resta un instant silencieux comme s'il envisageait de l'ignorer. Enfin, après ce qui lui sembla une éternité, il inclina légèrement la tête.

— Mademoiselle MacIain.

Son ton était froid, bien loin de celui qu'il avait utilisé pour lui faire des compliments une semaine plus tôt. Quant à ses yeux, qui lui avaient donné l'impression d'être plus belle et plus vivante que jamais, ils étaient à présent vides de toute émotion. Était-ce vraiment le même homme qui l'avait protégée quand le ministre des Finances l'avait attaquée ? C'était difficile à croire.

De toute évidence, elle s'était fourvoyée sur ses intentions. Il n'était intervenu que par crainte que la véritable raison de sa présence au Dhalkur ne soit révélée. Ça n'avait rien à voir avec elle, et cette constatation était étonnamment douloureuse. Elle avait l'impression qu'un poids lui comprimait la poitrine, l'empêchant de respirer correctement.

Furieuse contre elle-même, Rosanna redressa la tête. Ses sentiments n'avaient aucune importance. Elle avait un travail à accomplir et rien ne l'empêcherait de tenir la promesse faite à Marian, pas même Salim ou sa réticence à la rencontrer.

— Il faut que nous parlions.

— Vraiment ?

Son expression demeura impassible, mais sa façon de

parler et de la regarder lui rappelait qu'elle se trouvait en présence d'un roi, un homme qui avait l'habitude d'obtenir tout ce qu'il voulait.

— S'il vous plaît, Votre Majesté, insista-t-elle en s'efforçant de garder un ton poli. J'ai un rapport à vous faire et j'ai besoin de votre aide pour continuer à avancer.

Elle lui avait présenté d'excellentes candidates, des femmes aussi séduisantes que talentueuses, mais aucune n'avait retenu son attention, même pas Ingrid, la médecin scandinave possédant la grâce d'une reine et la beauté d'une star de cinéma. À ce train-là, Rosanna n'allait pas pouvoir quitter le pays avant plusieurs mois, une perspective terrifiante. Non, il fallait qu'il accepte de l'écouter afin qu'elle puisse lui organiser un véritable rendez-vous avec sa candidate préférée.

Pour peu, elle aurait pu croire qu'il cherchait à saboter son travail, ce qui n'avait aucun sens. C'était lui qui avait insisté sur l'urgence de la situation.

— Je suis certain que mon assistant pourra...

— Avec tout mon respect, Votre Majesté, le coupa-t-elle en s'efforçant de cacher son irritation, c'est à vous que j'ai besoin de parler, pas à votre assistant.

Salim se contenta de hausser les sourcils, mais elle eut l'impression que c'était la première fois que quiconque osait l'interrompre ainsi.

Soudain nerveuse, elle se mordilla les lèvres. Peut-être était-ce une erreur de le mettre en colère ? Non seulement Salim était un roi, mais il était avant tout son client.

— Ce que je m'apprêtais à dire, commença-t-il en s'interrompant comme pour mieux la défier de lui couper de nouveau la parole, est que mon assistant vous donnera un rendez-vous.

Il tourna la tête, et Taqi s'empressa de les rejoindre.

— Je vous remercie, Votre Majesté, dit-elle avec un sourire qui tenait plus de la grimace.

Elle était bien trop nerveuse et épuisée pour s'en soucier. Marian l'appelait régulièrement pour l'interroger sur ses progrès, et Salim refusait de lui donner des informations utiles.

— Excellent, lâcha-t-il en tournant les talons.

Rosanna le regarda s'éloigner en silence avant de hausser les épaules.

Elle ignorait ce qu'elle avait pu faire pour le mettre en colère, mais ça n'avait aucune importance. Salim n'était pas son premier client difficile et il était hors de question de le laisser gagner. Le cheikh du Dhalkur était sans aucun doute l'un des hommes les plus arrogants du monde, mais il n'était pas de taille face à elle.

— Mlle MacIain est arrivée, Votre Majesté, annonça Taqi avant de refermer la porte derrière lui.

Se levant du fauteuil où il s'était installé pour consulter ses rapports, Salim jura intérieurement.

Il s'était rendu dans ses appartements privés pour récupérer un dossier, et il s'était laissé absorber par son travail. Ne le voyant pas revenir, Taqi en avait conclu qu'il souhaitait recevoir Rosanna ici et non dans son bureau. C'était pourtant tout le contraire. Il aurait préféré la rencontrer dans l'aile administrative, en présence de ses employés… même si de telles précautions étaient sans doute superflues. Il était parfaitement capable de l'écouter et de la renvoyer dans sa chambre à la fin de leur réunion.

— Je vous en prie, entrez, lança-t-il d'une voix grave qui le surprit lui-même.

— Je vous remercie, rétorqua-t-elle fraîchement.

Elle portait une robe bleue qui mettait son corps en valeur, soulignant sa taille fine et ses courbes de rêve.

Rosanna plongea son regard dans le sien, relevant légèrement la tête comme pour mieux le défier, et un frisson d'excitation le saisit. Était-ce finalement pour cela qu'il s'était attardé ici ? Parce qu'il savait, au plus profond de lui, que leur relation était sur le point de basculer ? Et parce qu'une part de lui se réjouissait de courir au-devant du danger ?

Le rythme cardiaque de Salim ralentit comme il s'imaginait l'attirer à lui et prendre enfin ses lèvres. Ce serait une erreur, et il n'était pas homme à se laisser contrôler par ses envies ou ses désirs, aussi irrésistibles soient-ils.

Toute sa vie durant, il avait appris à contrôler ses émotions et à se concentrer sur ses objectifs. Les décisions impulsives et la poursuite de plaisirs égoïstes n'avaient pas leur place au sein de la famille royale.

Fuad n'avait pas su vivre selon ses valeurs, ce qui lui avait valu de perdre son droit à la succession, au profit de Salim qui s'était toujours montré travailleur et digne de confiance. Il n'avait pourtant pas l'impression de l'être en cet instant. Au contraire, il se sentait comme un imposteur.

— Je vous en prie, asseyez-vous, dit-il en indiquant un vaste fauteuil situé en face du sien.

Rosanna s'exécuta, sa robe remontant légèrement, et il sentit son sang bouillir.

— Vous vouliez me parler…

Rosanna hocha la tête et commença aussitôt à lui présenter une nouvelle liste de candidates ainsi que les lieux où ils pourraient se rencontrer en toute discrétion. Elle lui fournit également ses commentaires et ses observations sur les femmes qu'il avait déjà rencontrées. Ses remarques étaient pertinentes, intelligentes et judicieuses, mais Salim ne parvenait pas à se concentrer. Il n'arrivait pas non plus à s'imaginer trouver enfin une épouse.

Comme il restait silencieux, elle lui lança un regard interrogateur.

— Vous avez fait de l'excellent travail, se força-t-il à dire. Je comprends pourquoi l'agence de votre tante a aussi bonne réputation.

— Mais ? s'enquit-elle en penchant la tête. Je sais qu'il y a un « mais » quelque part. J'ai besoin que vous soyez honnête avec moi. Je dois savoir ce que vous pensez vraiment de ces femmes afin que je puisse trouver celle qui vous conviendra.

Je l'ai déjà trouvée, eut-il soudain envie de dire, même si Rosanna MacIain ne possédait pas les qualités requises pour devenir son épouse.

Choqué par cet aveu silencieux, il eut soudain l'impression d'étouffer.

Les décisions égoïstes et impulsives de Fuad durant son bref règne avaient plongé le pays dans le chaos. C'était la preuve irréfutable de l'importance de sa position. La bonne volonté ou le courage ne suffisaient pas. Il fallait être prêt à tous les sacrifices pour le bien du peuple et de la nation pour réussir.

Salim avait besoin d'une reine, une femme au passé irréprochable, pour restaurer le prestige de la famille royale, mais également une partenaire expérimentée qui lui permettrait de régner avec intelligence et justesse.

Rosanna n'était pas cette femme, même si elle était la seule qu'il désirait en cet instant. C'était d'ailleurs là que résidait le nœud du problème : comment pouvait-il penser à se marier alors qu'elle était sous son toit ? Les souvenirs du baiser qu'ils avaient échangé le tourmentaient de jour comme de nuit, mais plus que son corps, c'était ce tempérament passionné qu'elle s'efforçait de cacher qui le fascinait.

— Comment puis-je vous trouver l'épouse idéale si vous me cachez ce que vous pensez vraiment ? demanda-t-elle en plongeant ses yeux dans les siens.

L'espace d'un instant, il les revit, comme ce soir-là, brillant d'un éclat argenté comme elle s'abandonnait à sa caresse.

Se levant d'un bond, il marcha jusqu'à la fenêtre dans l'espoir de se calmer, en vain. Le sang courant dans ses veines le brûlait, l'encourageant à agir comme l'auraient fait ses ancêtres, des guerriers sans pitié habitués à obtenir ce qu'ils voulaient par la force si nécessaire.

Salim soupira et focalisa son attention sur les toits qui avaient pris des reflets cuivrés sous le soleil couchant.

— Que voulez-vous savoir ?

— Laquelle aimeriez-vous revoir ? demanda aussitôt Rosanna. Jusqu'à présent, vos rencontres ont eu lieu en public. Il serait plus facile d'apprendre à vous connaître lors d'un dîner par exemple ou…

— Aucune, la coupa-t-il.

— Pardon ? Vous ne voulez en revoir aucune ? Votre Majesté, continua Rosanna d'une voix posée, malgré son évidente irritation, j'aimerais beaucoup que nous passions les différentes candidates en revue afin que vous m'expliquiez pourquoi elles ne vous conviennent pas.

Ainsi, elle était de nouveau décidée à l'appeler par son titre...

Ça n'aurait pas dû l'étonner. Après tout, il l'avait également appelée par son nom de famille afin de respecter le protocole parce qu'ils étaient en public, mais également parce qu'il était en colère contre lui-même et les sentiments qu'elle lui inspirait. Il avait d'ailleurs fait tout ce qu'il pouvait pour ne pas se retrouver seul avec elle. Il s'était conduit comme un lâche et s'était montré froid et distant dans l'espoir d'oublier ce désir intense et irrésistible qu'elle éveillait en lui. En vain.

— Comme vous voulez. Allez-y.

— Très bien, commençons par Lady Charlotte.

— Elle est allergique au Dhalkur.

— Je vous demande pardon ? Comment peut-elle être allergique à un pays ? l'interrogea-t-elle en fronçant les sourcils.

— Durant le trajet en voiture pour nous emmener dans le désert, elle s'inquiétait d'avoir du sable dans les cheveux, expliqua-t-il, ennuyé. Elle craignait également que la sécheresse du climat soit mauvaise pour sa peau.

— Je suis navrée, déclara Rosanna avec une grimace. Je n'avais aucune idée qu'elle était comme ça. Elle ne m'a pas parlé de ses préoccupations.

Elle secoua la tête, visiblement déçue d'avoir commis une telle erreur.

— Vous n'êtes pas responsable, dit-il pour la rassurer. Elle m'a assuré qu'elle pourrait vivre n'importe où tant qu'il y avait l'air conditionné... vingt-quatre heures sur vingt-quatre, ajouta-t-il dans l'espoir de la faire sourire.

Rosanna pinça les lèvres avant d'éclater de rire, et une vague de désir, plus puissante que tout ce qu'il avait connu jusque-là, le balaya.

— Vous ne pouviez pas savoir, reprit-il en s'efforçant d'ignorer son corps en feu. Elle vous a sûrement caché certaines choses parce qu'elle savait qu'elles ne joueraient pas en sa faveur.

— Qu'en est-il de Jasmine ? demanda Rosanna en prenant des notes.

— Sur le papier, c'est une femme charmante qui remplit toutes mes conditions, d'autant qu'elle connaît parfaitement la région.

— Et en personne ?

— Bien qu'elle soit la cousine d'un roi et qu'elle ait grandi à la cour, elle m'a avoué qu'elle n'était pas à l'aise pendant les événements officiels, expliqua-t-il en haussant les épaules. Vous comprenez donc que ce n'est pas une femme pour moi.

— Encore une qui ne s'est pas montrée honnête avec moi, dit-elle en soupirant. Je suis navrée.

Elle semblait tellement abattue que Salim regretta de s'être montré aussi honnête. Il n'avait pourtant pas le choix. Il avait besoin d'une reine et ne pouvait pas se permettre de faire les choses à moitié.

L'image de Rosanna dans sa robe verte s'imposa soudain à son esprit. Non seulement elle était très belle, mais elle paraissait parfaitement à l'aise au milieu de la foule. Elle avait discuté avec de nombreux invités, ses magnifiques yeux gris étincelant comme des pierres précieuses, et il avait eu envie de la rejoindre à de nombreuses reprises. Il n'avait pourtant pas pu s'y résoudre.

Rosanna ne manquait certes pas de confiance en elle, mais elle ne pourrait jamais s'adapter à son mode de vie. Non, il avait besoin d'une épouse qui avait été formée pour évoluer dans ce milieu, ou qui avait au moins une certaine expérience des exigences liées à sa fonction.

Lui-même s'était préparé toute sa vie pour assumer son rôle et il avait parfois l'impression de ne pas être à sa place. Il lui arrivait même, ne serait-ce que pour un instant, de souhaiter pouvoir n'être que Salim et non le souverain sur qui comptait le peuple pour améliorer son quotidien.

— Suivante ? demanda Salim en chassant ces pensées ridicules de son esprit.

— La princesse Eliana.

— Non.

Rosanna ouvrit la bouche, mais il leva la main pour lui intimer le silence.

— Elle est très belle et très intelligente. Je suis certain qu'elle est aussi très gentille, mais elle termine mes phrases. Vous savez à quel point c'est énervant ? l'interrogea-t-il en plongeant ses yeux dans les siens.

— Je…

— C'est extrêmement énervant, continua-t-il sans lui laisser le temps de parler. Je ne pourrais pas vivre avec quelqu'un comme ça.

— Comment a-t-elle osé ? murmura Rosanna sans le regarder.

Fronçant les sourcils, Salim l'étudia avec attention. Était-elle en train de se moquer de lui ? Difficile à dire, étant donné qu'elle avait les yeux baissés sur son écran et prenait toujours des notes.

Peu importait. Ses sarcasmes n'étaient rien comparés la frustration de vivre avec quelqu'un qui se permettrait de lui ôter les mots de la bouche.

— Les débats animés ne me font pas peur, mais je ne veux pas d'une épouse convaincue de savoir lire dans mes pensées.

— Non, ce serait… horrible, lâcha-t-elle avec un sourire discret.

Malgré lui, il se sentit sourire à son tour. Ses objections étaient parfaitement fondées, mais Rosanna lui permettait de voir le côté amusant de la situation.

— Qu'en est-il d'Ingrid ?

— La médecin, oui.

Il avait placé de grands espoirs en elle. Non seulement elle était très belle, mais elle venait d'une famille noble.

— C'est hors de question.

— J'ai besoin de plus que ça. Non seulement elle cst

séduisante, mais elle est également intelligente, compétente et parle plusieurs langues.

Salim haussa les épaules.

— Elle ne s'intéresse qu'à ses recherches.

— Vous avez pourtant dit que vous admiriez les femmes passionnées par leur carrière.

— Pas au détriment du reste. Je l'ai vue discuter avec d'autres invités, expliqua-t-il, et dès qu'ils abordaient un sujet n'ayant aucun rapport avec la médecine ou sa spécialité, elle était incapable de réagir ou de donner son avis. Elle se contentait d'écouter poliment. Je cherche une épouse qui s'intéresse à ce que les gens ont à lui dire et qui leur donne l'impression d'être entendus, conclut-il en se tournant vers la fenêtre. J'ai pris ma décision, ce n'est pas une femme pour moi.

— Très bien, concéda Rosanna. Et pourquoi pas Sylvie ? Elle a les compétences diplomatiques que vous recherchez et elle est très douée pour apprendre les langues étrangères.

Salim secoua la tête.

— Non. Nous n'avons passé qu'un court instant ensemble, mais j'ai eu l'impression qu'elle m'étudiait afin de décider comment réagir ou quoi dire. C'était très désagréable.

Rosanna resta silencieuse, le forçant à lui faire face pour découvrir sa réaction. Elle semblait de mauvaise humeur.

— Vous êtes injuste. Elle cherchait sans doute un sujet de conversation susceptible de vous intéresser, déclara-t-elle en plongeant ses yeux dans les siens. Elle voulait apprendre à vous connaître, c'est tout.

— C'était plus que ça, répliqua-t-il en fronçant les sourcils. Je… Ça manquait de spontanéité. C'était presque comme si elle voulait me forcer la main.

Lors de sa rencontre avec Rosanna, ils s'étaient aussitôt mis à discuter comme s'ils se connaissaient depuis longtemps.

—Vous voulez donc une femme capable de tenir une conversation et qui s'intéresse à beaucoup de choses.

Dit de cette façon, ce critère semblait plutôt basique, mais c'était exactement ce qu'il voulait.

— C'est ça.

— Il nous reste encore Natalya.

— Aucune attirance sexuelle.

— Je vous demande pardon ?

— C'est une femme charmante, je le reconnais. Elle est aimable, intelligente et elle semblait plutôt à l'aise, poursuivit-il en glissant les mains dans ses poches, mais elle ne m'attire pas.

— Elle est mannequin ! C'est l'égérie d'une marque de maquillage ! ajouta-t-elle, visiblement choquée par sa remarque.

— Elle est très belle, mais elle n'est pas pour moi.

Pour une raison inconnue, sa beauté froide ne l'avait pas touché alors qu'il avait passé plusieurs heures en sa compagnie. La simple présence de Rosanna avait pourtant le pouvoir de le rendre fou…

— Quelle est la suivante ? l'interrogea-t-il, déterminé une fois de plus à se concentrer sur la conversation.

Ils passèrent le reste de la liste en revue, Salim s'exhortant à la patience tandis que Rosanna semblait de plus en plus irritée par ses réponses.

— Vous voulez donc une femme venant d'une famille noble, ou encore mieux, une famille royale et qui a donc l'habitude de fréquenter ce milieu. Elle doit être belle, mais vous ne pouvez pas me donner de critère physique précis. Elle doit avoir confiance en elle, mais pas trop non plus. Elle doit également être capable de vous satisfaire sexuellement, mais ne doit pas être trop agressive en cherchant à vous plaire. Vous voulez une femme compétente et passionnée par sa carrière, mais pas au point de n'avoir aucun autre centre d'intérêt. Elle doit avoir la conversation facile, mais également être à votre écoute, poursuivit-elle, les yeux rivés sur ses notes. Elle doit être à l'aise en public, mais aussi dans le cercle privé, avoir le sens de l'humour, mais pas un rire énervant ou tout autre tic verbal. Et enfin, elle doit aimer le Dhalkur, parler ou être capable d'apprendre votre langue, avoir une réputation sans tache et vouloir des enfants.

— C'est tout à fait ça, bravo, déclara-t-il en acquiesçant. Vous avez parfaitement résumé la situation.

Rosanna se pinça le haut du nez en soupirant avant de continuer à prendre des notes.

— Pourquoi pas Maryam ? C'est la dernière candidate que vous avez rencontrée, précisa-t-elle, bien que ce ne soit pas nécessaire. Elle correspond à plusieurs de ces critères.

Salim secoua la tête.

— Sur le papier, oui, mais…

Il s'interrompit, se rappelant la façon dont elle l'avait regardé en lui faisant les yeux doux.

— Elle s'est montrée incapable de répondre à la moindre de mes questions. Elle semblait hésiter comme si elle craignait de ne pas me donner la réponse que j'espérais.

— Avec tout mon respect, Votre Majesté, commença Rosanna d'une voix irritée, vous pouvez être assez intimidant.

— Je vous ai déjà dit de ne pas m'appeler par mon titre quand nous n'étions que tous les deux.

Pour une raison inconnue, il n'aimait pas l'entendre venant d'elle, à moins que ce ne soit la façon dont elle pinçait les lèvres chaque fois qu'il lui donnait une raison parfaitement valable de recaler l'une de ses candidates ?

— De plus, quand vous vous adressez à moi de cette façon, je n'ai pas l'impression que vous cherchiez à vous montrer particulièrement respectueuse…

Rosanna croisa son regard, ses yeux étincelant de fureur contenue, mais elle se contenta de garder le silence.

Salim réalisa soudain qu'il mourait d'envie de la voir perdre enfin le contrôle d'elle-même. Elle n'avait cessé de le défier depuis leur première rencontre, mais semblait toujours se reprendre et reculer au dernier moment.

— Si vous ne vous sentez pas à la hauteur de la tâche…

— Êtes-vous certain que c'est vraiment ce que voulez ? demanda-t-elle, ignorant sa remarque.

— Que voulez-vous dire ?

— Vos critères changent et sont de plus en plus exigeants,

expliqua-t-elle en rivant son regard au sien. Je vous ai présenté d'excellentes candidates, y compris l'une des plus belles femmes du monde et vous affirmez qu'elle n'est pas séduisante.

— Ce n'est pas ce que j'ai dit. Elle est très belle, mais elle ne m'attire pas, répondit-il, irrité par son insistance.

Il ne s'était d'ailleurs jamais senti aussi frustré qu'en ce moment. Lui qui avait le pouvoir d'obtenir ce qu'il voulait d'un claquement de doigts désirait la seule femme qu'il ne pouvait pas avoir. Avec elle, il n'avait plus l'impression d'être un roi. Non, il n'était plus qu'un homme affamé, rêvant d'apaiser enfin la faim qui le torturait depuis des jours.

— Tout cela n'est-il qu'un jeu pour vous ? demanda-t-elle sans plus chercher à cacher son impatience. Vous êtes certain que c'est vraiment ce que vous voulez ?

Elle releva le menton en un geste de défi.

— Une blonde, assez grande, venant d'un milieu noble suffira à vous satisfaire ? insista-t-elle.

— Pourquoi doutez-vous de moi, mademoiselle MacIain ? Est-ce parce que vous pensez qu'une brune venant d'Australie serait une meilleure candidate ? ne put-il s'empêcher de demander.

Elle poussa un petit cri et se releva d'un bon.

— Êtes-vous en train de suggérer que…

Malgré lui, sa réaction le combla de joie. Elle avait enfin cessé de le traiter comme un simple client, et sa rage était préférable à l'indifférence.

— Je ne pourrais jamais…

Elle s'interrompit, les poings serrés, et Salim eut l'impression que de la lave en fusion lui coulait dans les veines. Tout son corps était en feu et l'atmosphère même de la pièce semblait être devenue étouffante.

— C'est vous qui sabotez mon travail, lança-t-elle d'un ton accusateur, alors que je m'efforce de faire ce pour quoi vous m'avez engagée.

— C'est bien là le problème, déclara-t-il d'une voix rauque. Il est trop tard pour ça.

Il avait commis une erreur en acceptant de la recevoir dans ses appartements privés. Non, il en avait commis une au moment où il avait décidé de l'engager en réalisant qu'elle était la séduisante inconnue rencontrée cette nuit-là. Il le savait, il l'avait su dès qu'elle était entrée dans son bureau, exigeant de savoir ce qu'il faisait là, l'accusant presque d'avoir mis au point ce stratagème uniquement dans le but de la revoir, Rosanna MacIain était dangereuse.

Refusant de se laisser impressionner, elle posa les mains sur ses hanches.

— Très bien, allez-y, expliquez-moi pourquoi il est trop tard et cessez de me faire perdre mon temps.

— Pourquoi ? répéta-t-il lentement. Je vais vous montrer.

Sans lui laisser le temps de réagir, il combla la distance qui les séparait. Rosanna écarquilla les yeux comme il l'attirait à lui pour lui caresser le visage.

L'espace d'un instant, il eut l'impression de se noyer dans un océan argenté avant de se pencher pour prendre enfin ses lèvres.

7.

Rosanna avait senti qu'il était sur le point de l'embrasser, mais elle était restée clouée sur place, incapable de bouger.

Posant les mains sur son torse, elle eut à peine le temps de croiser ses yeux assombris par le désir avant que ses lèvres ne se posent enfin sur les siennes. Les jambes tremblantes, elle s'accrocha à lui, savourant le goût de sa bouche sur la sienne et assouvissant enfin la faim qui la tenaillait depuis ce fameux soir.

Salim glissa la main dans ses cheveux, les libérant du chignon qui les retenait encore, et elle dut retenir un soupir de plaisir comme il approfondissait son baiser, sa langue explorant sa bouche avec une avidité qui la fit trembler de désir.

Ils étaient tels des amants séparés par la vie qui venaient enfin de se retrouver. Bien qu'ils ne se connussent que depuis quelques mois, Salim semblait savoir exactement comment elle aimait être embrassée, caressée, touchée…

Elle se pressa contre lui tandis que la chaleur de son corps se répandait en elle, la réchauffant, la brûlant presque. Découvrant la force de son désir pour elle, elle gémit, et Salim la plaqua plus étroitement contre lui.

Rosanna avait du mal à réfléchir. Plus rien n'existait que ce désir ardent qu'il lui inspirait. Elle ne s'était jamais sentie aussi excitée ni aussi vivante. Elle avait l'impression d'avoir trouvé sa moitié comme s'ils étaient faits l'un pour l'autre.

C'était d'ailleurs ainsi qu'elle se rappelait leur première rencontre en Écosse, un instant magique et plein de promesses, l'union de deux âmes liées par un désir plus intense que tout ce qu'elle avait connu jusque-là.

Salim s'écarta un instant et elle voulut le retenir, mais il revint aussitôt à la charge, déposant un sillon de baisers brûlants dans le creux de son cou, lui arrachant des frissons de plaisir.

— Salim ! souffla-t-elle.

Il dit quelques mots dans une langue inconnue avant de lui mordiller l'oreille.

— Tu veux que j'arrête ?

— Non ! s'écria-t-elle aussitôt. Je…

Elle s'interrompit, incapable de continuer. Il y avait sans doute des dizaines de raisons de le repousser, mais elle n'arrivait pas à en trouver une seule. Toute prudence l'avait désertée, il n'y avait plus que lui et les merveilleuses sensations qu'il éveillait en elle.

Salim soupira, et le frottement de son torse contre ses seins la fit tressaillir. Ses mamelons durcis par le désir en étaient presque douloureux. Elle avait besoin qu'il la touche. C'était de la pure folie !

— Même si c'est de la folie, tu ne peux nier que c'est exactement ce dont nous avons tous les deux besoin, déclara-t-il d'une voix rauque.

Rosanna fronça les sourcils. Avait-elle parlé à voix haute ou lisait-il dans ses pensées ?

— C'est pour ça que tes recherches ne mènent à rien, poursuivit-il. Je ne pense qu'à toi, Rosanna.

Sa façon de prononcer son prénom résonnait au plus profond de son être, lui enjoignant d'oublier toute préoccupation pour se laisser emporter par le désir.

Il y avait aussi ses yeux semblant sonder les tréfonds de son âme, qui ne reflétaient plus aucune trace d'arrogance et trahissaient à présent le besoin impérieux qu'elle lui inspirait. C'était la première fois depuis leurs retrouvailles que Salim se montrait aussi honnête.

Je ne pense qu'à toi.

Ces mots tournoyaient dans son esprit, la comblant de joie.

— On ne peut pas, souffla-t-elle néanmoins. Je travaille pour toi.

— Je ne veux pas te forcer à faire quoi que ce soit, mais si c'est ce que tu ressens…

Rosanna posa la main sur sa bouche pour l'interrompre, et la sensation de ses lèvres contre sa paume manqua de la rendre folle.

— Non ! s'écria-t-elle en laissant retomber son bras. Je ne t'accuserais jamais de… Ce n'est pas du harcèlement, finit-elle par dire.

Elle avait voulu qu'il l'embrasse et la touche ainsi, mais…

— Ce n'est pas ça, reprit-elle plus doucement. Tu m'as engagée pour te trouver une…

— Je me moque complètement de trouver une épouse, la coupa-t-il en grognant presque.

Il semblait lutter contre lui-même pour se calmer et sa réaction la toucha profondément. Aucun homme ne l'avait jamais désirée ainsi, pas même celui qu'elle aurait dû épouser.

— C'est toi que je veux. Tu me rends fou depuis des semaines.

Il la plaqua plus étroitement contre lui, mais Rosanna avait bien conscience qu'il lui suffirait d'un geste pour qu'il la relâche. Las, elle en était incapable.

Découvrir qu'il la désirait autant qu'elle le désirait, et qu'il avait souffert autant qu'elle, était sur le point de venir à bout de ses bonnes résolutions.

— Je n'ai pas arrêté de penser à toi. Je n'arrive plus à me concentrer ni même à travailler parce que j'ai envie de me jeter sur toi dès que je te vois. Et quand tu n'es pas là, poursuivit-il, les yeux rivés aux siens, j'ai envie d'aller te retrouver, même si je sais que je n'en ai pas le droit.

— C'est vrai ? Pourtant, aujourd'hui, tu…

— J'étais en colère et j'ai passé ma mauvaise humeur sur toi, avoua-t-il, penaud. Je suis navré. J'ai tenté de garder mes distances, et j'ai fait tout mon possible pour que nous ne soyons jamais seuls, mais ça n'a servi à rien. Je… je n'ai pas l'habitude de me laisser contrôler par mes émotions, conclut-il en secouant la tête.

— C'est pour ça que tu as refusé de me voir ?

— On ne peut pas dire que ça m'ait réussi, fit-il remarquer, visiblement vexé. C'est toi que je veux, Rosanna.

À ces mots, son souffle se bloqua dans sa gorge. Il était tellement séduisant, son corps bronzé et puissant tendu par le désir, mais prêt à la laisser partir si elle le lui demandait. Il était entièrement à sa merci, une perspective excitante qui lui donnait l'impression de s'être glissée dans la peau d'une femme fatale.

— J'ai besoin de toi, ajouta-t-il, sa franchise la touchant profondément.

Il était là devant elle, aussi fort et fier qu'un guerrier des temps anciens.

— Rosanna ?

Il la relâcha, et elle ne put retenir un frisson de déception. Salim était son client. Il l'avait engagée pour lui trouver une épouse. Elle aurait dû garder ses distances, mais elle en était incapable, ou plutôt elle n'en avait aucune envie.

— Moi aussi, j'ai besoin de toi.

Ces mots lui échappèrent, mais elle ne pouvait pas nier la vérité.

Salim ne dit rien, se contentant de se redresser pour la dominer de toute sa hauteur, et Rosanna se sentit incroyablement fragile. Pourtant, elle n'avait pas peur.

Salim était un homme fort, endurci par sa formation militaire et les responsabilités pesant sur lui, mais son instinct lui soufflait qu'il n'userait jamais de sa force contre elle.

Levant la main, elle voulut lui caresser le visage, mais il lui saisit le poignet.

— Pas ici.

Rosanna acquiesça, consciente qu'il avait raison, car une caresse en appellerait une autre et une autre jusqu'à ce que…

Sans lui donner le temps de réagir, il l'entraîna vers un

couloir. Enfin, ils traversèrent plusieurs pièces pour arriver dans sa chambre.

Salim verrouilla la porte, et Rosanna en profita pour observer le haut plafond décoré de teintes violettes et azur rappelant un coucher de soleil. Il l'attira ensuite vers un immense lit, installé entre deux fenêtres en arc donnant sur des montagnes.

Rosanna hoqueta. Elle avait imaginé Salim dans la peau d'un guerrier prêt à tout pour retrouver sa promise, et ce lit avait parfaitement sa place dans ce fantasme.

— Je dois reconnaître qu'il est gigantesque, souffla-t-il à son oreille, mais il est confortable et ça fait partie de la tradition. Ils en construisent un pour chaque nouveau cheikh.

— Je n'arrive pas à m'imaginer nettoyer ces draps, murmura-t-elle. Ça doit être un véritable cauchemar.

Elle se mordit la lèvre en réalisant ce qu'elle venait de dire et baissa la tête, gênée.

Inutile de le nier, elle était nerveuse. Salim avait avoué avoir besoin d'elle, mais elle n'avait rien de commun avec la femme de ses rêves. Elle ne parlait pas plusieurs langues, ne s'occupait pas d'enfants malades et ne négociait pas non plus d'accords internationaux comme les candidates qu'il avait rejetées. Elle était ordinaire et tellement banale que son ex avait fini par s'ennuyer à ses côtés.

Salim lui caressa doucement le poignet, la ramenant à la réalité, et la chaleur de son corps la pénétra.

— Je dois avouer que je n'y ai jamais réfléchi, mais tu dois avoir raison. Je n'ai pas pensé à la lessive depuis mon service militaire, ajouta-t-il après un instant.

— Tu lavais tes vêtements ? fit-elle d'un air étonné en tournant la tête.

— Évidemment. Même le fils du cheikh ne bénéficie pas de traitement de faveur quand il accomplit son devoir. En fait, je suis certain que mon père a demandé à notre instructeur de me rendre la vie difficile, continua-t-il sans la quitter du regard. Il était convaincu que c'était la meilleure façon de préparer ses enfants aux difficultés qui les attendaient.

Il s'interrompit pour l'étudier.

— Craindrais-tu de relever ce défi, Rosanna ? Tu sembles nerveuse. As-tu changé d'avis ?

Rosanna ouvrit la bouche et la referma aussitôt. Sa présence dans la chambre du cheikh du Dhalkur n'avait aucun sens, mais elle ne pouvait se résoudre à partir malgré sa peur.

Ces doutes appartenaient à l'ancienne Rosanna, celle qui avait été blessée par Phil et qui se méfiait de tout et de tout le monde. Elle n'était plus cette femme. Non, elle était celle qui n'avait pas hésité à contredire Salim quand elle l'estimait nécessaire, celle qui l'avait défié malgré leur différence de position. Avec lui, elle se sentait forte et compétente.

— Je suis nerveuse, reconnut-elle néanmoins.

L'espace d'un instant, elle faillit avouer qu'elle n'avait eu qu'un seul amant : son ex-fiancé, mais renonça. Salim n'avait pas besoin d'en savoir autant.

— Je ne… fais pas souvent ce genre de choses.

— Moi non plus. Il n'y a eu personne depuis notre rencontre en Écosse.

Rosanna écarquilla les yeux. Elle ne s'attendait pas à ça. Un homme comme lui ne devait pas avoir de difficulté pour se trouver une partenaire. Au contraire…

Se tournant vers lui, elle posa une main sur sa poitrine, le battement de son cœur contre sa paume apaisant quelque peu sa peur et prouvant que Salim n'était pas aussi calme qu'il le paraissait.

— Embrasse-moi, Salim. Je n'ai plus envie de discuter.

Ses lèvres s'étirèrent aussitôt en un sourire qui lui coupa le souffle.

— Je suis à tes ordres.

Il prit ses lèvres en un baiser lent mais exigeant, sa langue explorant sa bouche avec une douceur qui la cloua sur place.

D'une main tremblante, elle s'attaqua aux boutons de sa chemise comme il descendait la fermeture Eclair de sa robe.

— Baisse les bras, ma belle, ordonna-t-il en lui prenant les poignets.

Sa robe tomba au sol, et Salim captura ses mains, les écartant pour l'empêcher de se cacher. Lentement, il la parcourut du regard, la faisant frissonner de plaisir.

Elle aurait sans doute dû être nerveuse d'être inspectée ainsi, mais il n'en était rien. Elle se sentait belle et désirable d'autant que les doigts de Salim s'étaient crispés sur sa peau comme s'il luttait contre lui-même pour ne pas la toucher.

Il dit quelque chose dans une langue qu'elle ne comprit pas, mais ses yeux, qui avaient pris la couleur de l'ébène, brillaient d'émotion.

— Tu es magnifique, Rosanna.

Rosanna savait que ce n'était pas vrai, mais une vague de chaleur se répandit néanmoins dans son ventre.

— J'ai envie de te regarder aussi, avoua-t-elle sans pouvoir se retenir.

Sans perdre une seconde, Salim ôta sa chemise et elle se mordit les lèvres en découvrant son torse puissant, les muscles jouant sous sa peau dorée lui donnant envie de l'explorer de ses doigts et de se perdre dans la toison sombre le couvrant.

Incapable de résister plus longtemps, elle le caressa, s'émerveillant de sa douceur et de sa perfection.

Salim se débarrassa de son pantalon puis de son caleçon, et Rosanna le contempla, le cœur battant. Il était sans aucun doute l'homme le plus séduisant qu'elle ait jamais vu. Avec ses épaules larges, sa taille étroite, ses cuisses musclées et son membre en érection, il possédait un corps aux proportions parfaites. Mais c'était surtout son regard, sombre, profond et brûlant de désir contenu qui menaçait de la rendre folle.

— Viens, dit-il en tendant la main vers elle.

Rosanna n'hésita pas une seconde et les doigts de Salim se refermèrent sur son poignet comme il l'attirait à lui.

Il n'y avait plus que la chaleur de son corps contre le sien alors qu'il déposait une pluie de baisers brûlants dans son cou et juste sous son oreille. Son parfum épicé l'enveloppait, lui donnant envie de le goûter à son tour.

Lentement, sans cesser de l'embrasser, Salim ôta ses

sous-vêtements et elle ne put retenir un soupir de plaisir quand il la débarrassa de la seule couche de tissu qui les séparait encore.

Il la souleva ensuite dans ses bras et la déposa sur le lit avant de s'allonger sur elle, la sensation de sa peau brûlante contre la sienne et la fraîcheur du drap en soie contre son dos lui arrachant un frisson de plaisir.

Salim approfondit son baiser, et Rosanna glissa les mains dans sa chevelure noir de jais tout en écartant les jambes.

— Je t'en prie, Salim…

Elle ne s'était jamais sentie aussi excitée ni aussi désespérée. Elle avait besoin qu'il la touche sans quoi elle allait mourir.

Comme s'il avait lu dans ses pensées, Salim glissa la main entre ses cuisses, et Rosanna ne put retenir un gémissement. C'était tellement bon !

Une vague de plaisir monta en elle, et ses hanches se soulevèrent d'elles-mêmes pour aller à sa rencontre comme il l'observait toujours avec attention sans cesser sa délicieuse torture.

Rosanna eut soudain l'impression que quelque chose explosait en elle, et son corps lui sembla soudain incroyablement léger avant de retomber, sans force, sur le lit.

Salim s'écarta un instant pour prendre un préservatif, et elle s'étira, le corps alangui, un sourire aux lèvres.

— Merci, murmura-t-elle quand il se rallongea sur elle.

— Je t'en prie.

Malgré elle, le son de sa voix profonde la fit frissonner de plaisir. Comment faisait-il pour avoir encore un tel effet sur elle alors qu'il venait de lui donner un orgasme incroyable ?

Plongeant son regard dans le sien, elle réalisa qu'il luttait toujours pour se contrôler.

— Salim, fit-elle dans un soupir en le prenant dans ses bras.

Son membre en érection semblait immense contre sa cuisse, mais elle n'avait pas peur malgré son manque d'expérience. Au contraire, elle était impatiente de lui donner du plaisir à son tour.

— Prends-moi, ordonna-t-elle. Je veux te sentir jouir en moi.

À ces mots, Salim sembla perdre tout contrôle. Il l'embrassa avec force et la pénétra d'un mouvement fluide, lui arrachant un petit cri de surprise et de plaisir.

C'était la première fois qu'elle se sentait aussi intimement connectée à un autre être humain, comme si elle était entrée dans un monde nouveau qui lui avait été interdit jusqu'à présent.

— Je t'ai fait mal ? s'enquit-il.

— Non, je…

Elle s'interrompit, incapable de trouver les mots.

Salim était plus imposant que Phil. Il lui avait également donné plus de plaisir qu'aucun autre avant lui, ce qui expliquait sans doute pourquoi ce qu'ils partageaient en cet instant semblait bien plus magique et puissant que du simple sexe.

— Ouvre les yeux, Rosanna.

Elle s'exécuta et eut l'impression de sombrer dans une mer de velours noir. Depuis quand étaient-ils aussi sombres ?

— Je dois être certain que tu n'as pas mal.

Rosanna sourit.

— Je vais bien, même plus que bien. Je ne trouve pas les mots.

Visiblement peu convaincu, Salim refusait toujours de bouger.

Posant un baiser léger sur ses lèvres, elle noua les jambes autour de sa taille pour l'attirer plus profondément en elle.

Salim tressaillit avant d'entamer un lent mouvement de va-et-vient, lui arrachant un gémissement de plaisir.

Rosanna se cambra, murmurant son nom encore et encore, s'accrochant à lui comme des ondes brûlantes la traversaient.

Salim accéléra le rythme, sa main se refermant sur son sein, et son pouce taquinant la pointe de son mamelon, tandis qu'un éclair de plaisir foudroyant lui arrachait de nouveaux gémissements.

— Comme ça ? s'enquit Salim d'une voix rauque.

— Exactement comme ça, souffla-t-elle à deux doigts de l'orgasme. S'il te plaît, j'en veux plus.

Une étincelle s'alluma dans ses yeux sombres, et ses mouvements se firent plus rapides et puissants comme si lui aussi ressentait ce besoin urgent et impérieux courant dans ses veines.

La jouissance explosa soudain en elle, et elle lui griffa le dos quand le corps de Salim se tendit à son tour. Murmurant son prénom, il se laissa emporter par l'orgasme avant de s'écrouler sur elle, le souffle court.

8.

Salim jeta le préservatif usagé dans la poubelle avant de se passer le visage sous l'eau froide dans l'espoir de se calmer.

Penché au-dessus de l'évier, il s'efforça de se concentrer, en vain. Ses pensées le ramenaient irrémédiablement vers Rosanna, nue, si sexy dans son lit et pourtant si innocente.

Si elle était incroyablement passionnée et s'était donnée à lui sans réserve, elle avait semblé nerveuse et même surprise quand elle avait joui… comme si aucun homme avant lui ne lui avait donné autant de plaisir. Ce n'était sans doute que son ego qui parlait, mais une part de lui voulait croire que c'était vrai.

Levant la tête, il étudia son reflet dans le miroir. Il avait le visage tendu et les traits tirés malgré les ondes de plaisir qui se répercutaient toujours dans son corps.

Il fallait se rendre à l'évidence : les instants qu'il venait de partager avec Rosanna avaient été incroyables, mais ils avaient également été une erreur monumentale. Rosanna était son employée et, même si leur relation était consensuelle, elle était loin d'être équilibrée. Il était son patron et avait le pouvoir de faire ou de défaire sa carrière d'un simple claquement de doigts.

Salim grimaça. En tant que dirigeant d'un pays, il serait toujours en position de force, peu importait la femme qu'il fréquente…

Sa situation avait changé en un instant et, même s'il avait passé des années à se préparer à assumer un tel rôle, ses responsabilités lui pesaient parfois. Il devait se montrer prudent et irréprochable en toutes circonstances surtout après les nombreux scandales causés par son frère au cours de son bref règne. Son image de souverain cruel et irresponsable était encore dans toutes les mémoires malgré les efforts de Salim pour rassurer son peuple et gagner son respect en lui prouvant que son devoir passait avant tout, y compris sa vie privée.

Il s'était d'ailleurs toujours montré discret dans ce domaine. À l'époque où il ne vivait pas encore à plein temps au palais, lorsque son père était encore en vie, il n'avait jamais ne serait-ce qu'envisagé d'y inviter sa maîtresse du moment. Et depuis son accession au trône, il était resté célibataire, car les besoins de son peuple l'emportaient sur les siens.

Enfin, ce n'était pas l'unique raison. Il fallait bien reconnaître qu'il n'avait désiré aucune femme avec autant de force que l'inconnue qu'il avait abandonnée en Écosse avant même de connaître son nom. Et à présent qu'ils avaient couché ensemble, il la désirait toujours autant.

Salim grimaça. Comment avait-il pu être aussi imprudent ? Il avait couché avec la femme censée lui trouver une épouse ! Et comment pouvait-il attendre qu'elle fasse son travail à présent qu'elle était devenue sa maîtresse ?

Son estomac se crispa douloureusement et il retint un juron. Une part de lui ne pouvait s'empêcher de se sentir coupable vis-à-vis de sa future épouse. C'était presque comme si, avant même de l'avoir rencontrée, il l'avait trompée avec la femme chargée de la recruter…

Pour autant, il ne pouvait pas se permettre de renoncer. Son peuple avait traversé de nombreuses épreuves et méritait un souverain digne de ce nom. Il n'avait pas le choix, il devait continuer… quoi qu'il lui en coûte.

Rosanna ne put retenir un soupir émerveillé lorsque Salim referma la porte. Elle ne s'était jamais sentie aussi bien ni aussi vivante de toute sa vie.

Si elle avait fréquenté Phil durant des années avant leurs fiançailles, rien ne l'avait préparée au plaisir que lui avait donné Salim. Son corps lui semblait plus lourd et plus léger à la fois tout en vibrant d'une énergie nouvelle. Salim l'avait caressée avec une passion teintée de tendresse qui l'avait bouleversée. Elle avait l'impression d'être devenue une autre femme, plus forte, plus sexy mais également tiraillée par ses émotions.

Son sourire s'effaça quand son regard se posa sur le couvre-lit brodé de fils d'or.

C'était le milieu de l'après-midi et elle était dans le lit du cheikh ! Et si l'un de ses employés avait besoin de lui ou entrait dans sa chambre pour lui apporter un rafraîchissement ? Elle devait s'en aller, au plus vite.

Salim était un amant incroyable, mais il n'était pas n'importe qui. Il était son client, mais également un roi. Il n'avait qu'à claquer des doigts pour obtenir ce qu'il voulait et les femmes se jetaient littéralement à ses pieds. Elle n'avait pas sa place à ses côtés.

Une part d'elle voulait croire qu'elle était plus qu'une aventure d'un soir, mais elle ne pouvait pas se le permettre. Salim cherchait une épouse. Quant à elle, les liaisons passagères ne l'intéressaient pas. C'était d'ailleurs la première fois qu'elle oubliait ainsi toute prudence pour se jeter dans les bras d'un homme.

Le problème était que sa décision risquait de nuire à sa réputation, mais également à celle de l'entreprise de sa tante. Il fallait impérativement y mettre un terme pour leur bien à tous les deux.

Se levant d'un bond, elle récupéra sa robe et sa culotte tout en s'évertuant à trouver son soutien-gorge et ses chaussures. Avaient-ils glissé sous le lit ?

Comme elle se penchait en avant, une main se referma sur son poignet.

— Pas si vite, Rosanna. Où crois-tu aller ?

Son cœur se mit aussitôt à battre la chamade comme un frisson d'excitation la saisissait.

S'efforçant de garder son calme, elle se retourna et se mordit les lèvres en découvrant Salim qui semblait encore plus séduisant et imposant que d'ordinaire.

— Je vais regagner dans ma chambre dès que j'aurai retrouvé mes vêtements.

— Tu pensais vraiment que j'allais te laisser partir comme ça ? s'enquit-il en haussant les sourcils.

Son assurance hautaine lui rappela aussitôt que son merveilleux amant était habitué à obtenir ce qu'il voulait… y compris auprès de la gent féminine.

Son excitation retomba aussitôt. Salim avait réussi à la convaincre que leur rencontre en Écosse l'avait perturbé autant qu'elle, mais était-ce la vérité ?

Son expérience en matière de liaisons amoureuses était désastreuse. Elle avait fait confiance à Phil et avait eu l'intention de passer le restant de ses jours avec lui avant de découvrir qu'il lui avait menti. Elle qui se targuait de pouvoir juger les gens s'était fait avoir en beauté. Salim ne la voyait peut-être que comme une distraction passagère…

— Ce n'est pas à toi de décider, déclara-t-elle en relevant le menton en un geste de défi. Si j'ai envie de partir, c'est mon droit. Je ne t'appartiens pas.

Salim la relâcha aussitôt et leva les mains comme pour lui prouver qu'il n'avait pas l'intention de la retenir. Las, elle n'était pas libre pour autant. Un lien indéfinissable les reliait, qu'elle le veuille ou non.

— Si tu pars maintenant, nous en serons toujours au même point, affirma-t-il en plongeant son regard dans le sien. Tu me désires toujours, Rosanna, je le sais. Et c'est mon cas aussi. Ce qui vient de se passer n'a fait que renforcer le désir que nous avons l'un pour l'autre.

À ces mots, son rythme cardiaque s'accéléra. Salim ressentait la même chose qu'elle, une perspective qui la réjouissait autant qu'elle l'enchantait.

— Si tu t'en vas, nous aurons toujours le même problème, poursuivit-il. Nous n'arriverons pas à garder nos distances, même si c'est ce que nous voulons. Viens en discuter avec moi, proposa-t-il en se penchant pour prendre ses vêtements.

Salim lui tendit sa chemise avant d'enfiler son pantalon et

de s'installer sur le lit tout en l'invitant à s'asseoir à ses côtés. Elle s'exécuta, les yeux rivés sur le sol.

— Je ne peux pas nier qu'il y a quelque chose de fort entre nous et je ne vois pas comment nous pourrions l'ignorer.

Surprise par sa franchise, Rosanna releva la tête. Elle était à la fois ravie de découvrir que Salim ressentait la même chose qu'elle, mais également terrifiée. Comment allaient-ils réussir à gérer ça ?

Elle n'était pas assez naïve pour croire qu'ils avaient un avenir ensemble. Non seulement ils évoluaient dans deux mondes totalement différents, mais elle n'avait rien de commun avec la future épouse que recherchait Salim. Elle ne pouvait d'ailleurs pas s'imaginer vivre au palais ou devenir reine, même si la perspective de le quitter lui paraissait étrangement difficile.

— J'ai bien tenté de résister, avoua-t-il, inconscient de son trouble. J'ai essayé de garder mes distances, mais ça n'a servi à rien. Quant à toi… Je me suis toujours demandé si tu t'étais montrée aussi efficace dans ton travail parce que tu cherchais à oublier ce que tu ressentais pour moi, pour nous.

Nous.

Rosanna frissonna. Comment un simple petit mot pouvait-il avoir autant de force ?

Salim lui caressa le bras, et son corps réagit aussitôt. Ses mamelons durcirent comme une vague de chaleur incandescente se répandait dans son ventre.

— Je ne pense pas que l'une de ces deux stratégies a de meilleures chances de réussite, et toi ?

Sa voix à la fois douce et sensuelle menaçait de venir à bout de ses défenses.

— Même si tu te montres encore plus efficace et que je m'arrange pour t'éviter, ça ne suffira pas à oublier ce qui nous lie. Nous avons laissé le diable sortir de sa boîte et je ne vois pas comment nous pourrions l'y enfermer de nouveau tout en prétendant qu'il ne s'est rien passé, poursuivit-il en lui prenant la main.

Malgré elle, Rosanna faillit poser la tête sur son épaule avant de se reprendre.

— Si on ne peut pas revenir en arrière, commença-t-elle d'une voix tremblante, qu'allons-nous faire ?

Salim sourit.

— Ce que j'aime chez toi, c'est que tu ne perds pas de temps en discussion inutile. Tu es toujours prête à faire ce qui doit être fait.

Profondément touchée, Rosanna se mordit les lèvres. Ce n'était pas la première fois qu'on lui faisait ce genre de compliment, mais, avec Salim, ça devenait personnel.

Elle réalisa soudain combien elle manquait de confiance en elle depuis son retour d'Australie. Sa famille avait bien tenté de la convaincre qu'elle n'était pas responsable de ce qui s'était passé, en vain. Peut-être avait-elle été trop dure avec elle-même si une simple remarque avait le pouvoir de la déstabiliser ainsi ?

— Merci. Quant à moi, j'aime ta franchise. Tu dis toujours ce que tu penses.

Son honnêteté avait pourtant failli venir à bout de sa patience lorsqu'il avait listé les nombreux défauts des candidates qu'elle lui avait présentées… Mais comment aurait-elle réagi s'il en avait choisi une ? Elle tenta de s'imaginer le regardant séduire une autre femme, et son cœur se serra douloureusement.

— Tu veux donc que je sois honnête avec toi ? demanda-t-il, sa voix profonde la ramenant à la réalité.

— Oui.

Elle avait besoin de savoir.

— Nous ne pouvons pas revenir en arrière, mais ce que nous partageons en ce moment ne peut pas durer, affirma-t-il en lui serrant la main avec plus de force. Tu es d'accord avec moi ?

— Oui.

Si leur liaison s'éternisait, elle deviendrait sa maîtresse, et elle n'avait aucune envie de se retrouver dans une telle situation. Le mariage était une union sacrée entre deux personnes qui s'aimaient. Elle espérait d'ailleurs rencontrer un jour celui avec qui elle pourrait passer le restant de ces jours. Elle avait cru avoir réalisé son rêve en se fiançant avec Phil, mais elle s'était trompée. Et leur rupture l'avait rendue plus méfiante envers les hommes.

— Dans ce cas, je ne vois qu'une solution : soyons amants pour une courte période, dit Salim en laissant son pouce remonter le long de son poignet, lui arrachant des frissons de plaisir.

— Je ne vois pas en quoi ça pourrait nous aider. Au contraire, ça risque de compliquer les choses, répliqua-t-elle en réprimant une grimace.

Il ne s'attendait quand même pas à ce qu'elle continue à lui chercher la parfaite épouse tout en partageant son lit ?

— Ta mission sera suspendue, expliqua-t-il. Ce ne serait pas correct de la poursuivre alors que nous couchons ensemble.

Heureusement qu'il n'avait pas insisté pour qu'elle fasse son travail. La perspective de lui trouver la partenaire idéale tout en passant les nuits entre ses draps la dégoûtait. Ça aurait été la preuve qu'elle n'était qu'une femme comme une autre pour lui, une maîtresse de passage qui ne représentait rien et qu'il oublierait rapidement.

— Je suis contente que tu partages mon avis. Je n'aurais pas pu faire ça, dit-elle en indiquant le lit, tout en poursuivant ma mission.

Elle réalisa soudain qu'elle n'avait jamais envisagé un instant de mettre un terme à leur liaison. Salim avait raison : il était trop tard pour revenir en arrière. S'imaginer travailler à ses côtés sans pouvoir le toucher était tout simplement impossible.

— Je ne peux pas te demander ça. Ce n'était déjà pas très honnête de ma part de juger les différentes candidates alors que je ne pensais qu'à toi. J'ai l'impression de vous avoir menti, à elles et à toi, reconnut-il en secouant la tête.

— Je te remercie, souffla-t-elle en posant son autre main sur la sienne. Je ne savais pas quoi faire par rapport à mon travail. Je suis contente que tu comprennes.

Leurs regards se croisèrent et celui de Salim brillait de

compréhension, de respect et d'une autre émotion qu'elle ne parvenait pas à identifier.

— Nous sommes donc d'accord, dit-il avec un sourire qui lui réchauffa le cœur. Nous n'avons plus qu'à nous organiser.

— Je ne vois toujours pas comment entretenir une liaison va nous aider, lâcha-t-elle.

— C'est la seule solution et ça devrait suffire à faire disparaître ce que nous éprouvons en ce moment.

— Comment peux-tu en être aussi sûr ? l'interrogea-t-elle en plissant les yeux.

— C'est ainsi que se terminent toutes les liaisons, affirma-t-il sans la moindre trace d'hésitation. La passion disparaît après quelque temps.

— Vraiment ?

— Bien entendu, tu as dû t'en rendre compte toi aussi…

Rosanna envisagea un instant de ne pas répondre, mais y renonça. Salim s'était montré honnête avec elle, elle devait en faire autant. Elle n'avait d'ailleurs pas à avoir honte de quoi que ce soit.

— Je n'ai jamais eu de liaison donc je n'en ai aucune idée.

Visiblement surpris, Salim ouvrit la bouche mais aucun son n'en sortit.

— Mais… tu n'étais pas vierge, finit-il par dire.

— Non, répondit-elle en secouant la tête. J'étais dans une relation sérieuse. Nous étions d'ailleurs censés nous marier, mais…

Salim la contempla un instant en silence avant de demander :

— Tu n'as donc connu qu'un seul homme avant moi ?

Il semblait tellement surpris qu'elle ne put s'empêcher de sourire.

— Que veux-tu que je te dise ? Les liaisons passagères ne m'ont jamais intéressée. Je voulais une relation sérieuse avec un homme qui m'aimait, avoua-t-elle en haussant les épaules. Ce n'est pas un crime que je sache ?

— Bien sûr que non, je trouve ça admirable, au contraire.

— Mais ton expérience est très différente de la mienne…

— Je n'ai jamais cherché l'amour si c'est ce que tu veux savoir, déclara-t-il en se passant la main dans les cheveux. Jusqu'à présent, je me suis toujours contenté de sexe.

Rosanna faillit lui demander s'il espérait que son union de convenance se transforme en mariage d'amour, mais préféra se taire.

— Et d'après ta considérable expérience, si nous entamons une liaison, tout ceci finira par disparaître ?

Elle était peut-être naïve, mais elle avait du mal à croire que ce lien à la fois étrange, merveilleux et si puissant puisse s'étioler et se dissoudre.

— Tout à fait, déclara-t-il d'un ton sans appel.

— Parfait. C'est bon à savoir.

Même si une infime partie d'elle-même le regrettait déjà.

— Tu n'as pas l'air convaincue, fit-il remarquer en plongeant son regard dans le sien.

Rosanna tourna la tête.

— J'ai parfaitement conscience que notre liaison ne peut pas s'éterniser, mais je dois reconnaître que j'ai vraiment aimé…

— Moi aussi, Rosanna, la coupa-t-il d'une voix sensuelle qui résonna en elle, la faisant trembler d'excitation. Ne t'inquiète pas, je te promets que je te donnerai bien plus de plaisir encore.

Il semblait tellement sûr de lui qu'elle en eut la gorge nouée. Son corps réagissait déjà, ses seins lui semblaient plus lourds et prêts à être caressés. Être à ses côtés sans pouvoir le toucher était une véritable torture. Elle avait besoin d'explorer sa peau de ses doigts et de sentir le poids de son corps sur le sien quand il la pénétrerait encore et encore.

— Tu recommences, grogna-t-il.

— Quoi ?

— Tu me regardes comme tout à l'heure. Comme si tu voulais que je me jette sur toi.

Oh ! elle en avait tant envie…

Elle garda pourtant le silence.

— Combien de temps ? demanda-t-elle néanmoins.

— Pardon ?

Il semblait perdu, ce qui n'avait rien d'étonnant. Elle-même avait du mal à penser à autre chose qu'au sexe.

— Notre liaison, précisa-t-elle. De combien de temps aurons-nous besoin pour… dépasser, oublier tout ça ? Je ne sais pas quel mot employer, s'excusa-t-elle avec un sourire.

— Ah oui, je vois. J'aimerais dire un mois, mais nous ne pouvons pas nous le permettre. Non, nous avons besoin de nous retrouver jour et nuit pour être pleinement rassasiés, affirma-t-il en se frottant le menton. Quelques heures volées ne suffiront donc pas.

Rassasié…

C'était un terme à la fois décadent et incroyablement tentant.

— Je dirais donc une semaine, dit-il soudain en plongeant son regard dans le sien. Une semaine où nous serons entièrement seuls.

Rosanna ne put s'empêcher de frissonner. Que lui arrivait-il ? C'était une expérience nouvelle pour elle qui, loin de l'inquiéter, l'excitait.

— Quand ? demanda-t-elle en s'humectant les lèvres.

Salim suivit son geste avec attention, une lueur de désir s'allumant dans son regard.

— Dès que possible. Je vais demander à Taqi de libérer mon emploi du temps pour que nous puissions partir ensemble.

— Partir ? répéta-t-elle en fronçant les sourcils.

— Nous aurons besoin d'être entièrement seuls pour faire ce que j'ai en tête, déclara-t-il d'une voix rauque. Seules quelques personnes en qui j'ai toute confiance seront au courant. Nous pourrons ainsi protéger ta réputation et éviter les rumeurs. Qu'en dis-tu ?

Rosanna voulut parler, mais en fut incapable. Non seulement Salim voulait passer du temps avec elle, mais il s'efforçait également de la protéger.

Il possédait nombre de qualités qu'elle recherchait chez un homme. Il était attentionné, intelligent et, à en juger par sa décision de se marier pour le bien de son peuple, il prenait ses responsabilités à cœur.

— Tu penses vraiment que ça réglera notre… problème ?

— Oui.

— Dans ce cas, je suis d'accord.

— Parfait, fit-il, réjoui.

Rosanna sourit, mais se sentit soudain mal à l'aise à discuter de leur liaison comme s'ils négociaient les termes d'un contrat. Salim ne pouvait-il pas se montrer un peu plus… romantique ?

Réalisant soudain le tour que prenaient ses pensées, Rosanna retint une grimace. À quoi s'attendait-elle ? À ce qu'il lui offre des fleurs et des bijoux et lui promette la lune ? Non, elle avait déjà commis cette erreur une fois, pas question de la répéter. Elle ne voulait pas de fausses promesses, de mensonges ou d'illusions.

Se dégageant doucement, elle avisa sa robe toujours posée au sol. S'ils avaient discuté de leur avenir, il restait un problème de taille. Comment allait-elle regagner sa chambre sans être vue ?

— Il faut que je parte, annonça-t-elle.

— Bientôt, rétorqua-t-il en lui prenant de nouveau la main. Nous avons quelque chose à faire avant.

— De quoi parles-tu ? s'enquit-elle en levant les yeux.

Son souffle se bloqua aussitôt dans sa poitrine. Le regard de Salim brûlait d'un désir intense, incandescent, presque aveuglant.

— Nous devons sceller notre accord, déclara-t-il avec un sourire.

Il promena ses lèvres sur sa main, remontant lentement vers son poignet, et elle se mit à trembler.

— Sans oublier que nous ne pouvons pas partir tout de suite. Nous allons devoir attendre plusieurs jours et plusieurs longues nuits avant de pouvoir nous retrouver seuls, expliqua-t-il sans cesser sa caresse. Tu ne crois pas que nous devrions en profiter tant que nous le pouvons encore ?

Il se pencha, et elle se retrouva allongée sur le lit, prisonnière de son corps.

La lumière du soleil éclaira l'une des constellations décorant le plafond, lui rappelant une fois de plus que son amant n'était pas un homme ordinaire. Elle avait pénétré dans un autre monde dont elle ne maîtrisait pas les codes, mais il était trop tard pour revenir en arrière.

Salim déboutonna sa chemise et toute pensée cohérente l'abandonna comme il prenait ses lèvres.

Il serait toujours temps de s'inquiéter de l'avenir plus tard…

9.

— Si je comprends bien, c'est un client difficile, dit Marian.

Rosanna se contenta d'une réponse évasive en s'installant plus confortablement dans son siège.

Une journée s'était écoulée depuis qu'elle avait couché avec Salim, et son corps lui semblait encore plus lourd et plus détendu qu'à l'accoutumée.

— Tu n'es pas d'accord avec moi ? s'enquit Marian d'un air étonné.

— Il sait ce qu'il veut, c'est certain, répondit Rosanna d'un ton prudent, mais je ne lui en veux pas. Il recherche une épouse mais également une reine. Il lui faut une partenaire capable d'assumer ses devoirs royaux.

Plus elle découvrait l'ampleur de sa tâche, plus elle comprenait pourquoi il se montrait aussi pointilleux dans la sélection des candidates. Et si une part d'elle-même avait été profondément touchée qu'il lui avoue qu'elle était l'unique raison pour laquelle il avait rejeté toutes ces femmes, une autre le plaignait profondément. Salim était l'homme le plus puissant du pays, mais il n'était pas libre pour autant d'agir à sa guise. Il devait faire passer les désirs et le bien-être de son peuple avant le sien.

— Tant mieux, lâcha Marian dans un soupir, la tirant de ses pensées. Je craignais que tu ne sois découragée par l'ampleur de la tâche. Je te fais confiance, ajouta-t-elle précipitamment, mais j'ai toujours su que ce serait un cas difficile.

— Tu le savais ? Pourquoi tu ne m'as pas prévenue ?

— Je ne voulais pas te faire peur. C'est ta première mission en solo, expliqua-t-elle, et je suis bloquée ici. Je savais que ça n'allait pas être facile. J'ai déjà travaillé pour une famille royale et, non seulement j'ai dû composer avec les exigences du futur marié, mais j'ai également dû satisfaire les demandes de sa famille et de son entourage.

— Je suis certaine que la décision finale appartient à Salim.

— Salim ? Tu l'appelles par son prénom ? Voilà qui est rassurant.

Rosanna rougit aussitôt en songeant aux événements de la veille.

Après qu'ils eurent couché ensemble, il l'avait raccompagnée à sa chambre par un couloir privé. Rosanna avait été à la fois excitée et horrifiée de parcourir un passage créé uniquement dans le but de permettre au roi de rejoindre plus facilement ses maîtresses. S'il lui avait permis d'éviter d'être vue par les employés du palais, c'était un rappel de plus de la disparité de pouvoir existant entre le cheikh et ses concubines.

Et à présent, elle était l'une d'entre elles…

La réalité de sa situation ne l'avait pourtant pas empêchée d'être déçue quand Salim avait déposé un baiser sur sa main avant de disparaître par le même couloir. Elle avait espéré qu'il lui referait l'amour, et elle s'était éveillée plusieurs fois au cours de la nuit pour observer la porte dérobée en espérant qu'il apparaîtrait enfin, en vain.

Son absence l'avait une fois de plus fait douter de la nature de leur relation. Salim n'avait peut-être pas autant besoin d'elle, qu'elle de lui ? Quand il lui avait proposé de devenir sa maîtresse, elle s'était sentie forte et sexy, mais à présent elle n'était plus sûre de rien.

Rosanna se massa les tempes en grimaçant. Phil avait véritablement anéanti sa confiance en elle. À moins que ce ne soit Salim le responsable ? Se pouvait-il qu'elle le désirât avec trop de force ?

— Rose ?

La voix de sa tante la ramena de nouveau brutalement à la réalité.

— Il insiste uniquement pour se montrer formel quand nous sommes en public, mais ça ne le rend pas plus facile à satisfaire pour autant.

C'était un mensonge. Ils étaient parfaitement compatibles sexuellement et elle n'avait eu aucun mal à le satisfaire.

— Le cheikh Salim doit se montrer particulièrement prudent dans son choix, déclara Marian. D'après mes sources, le pays a traversé de nombreuses crises quand son frère a remplacé son père malade à la tête du gouvernement. Il y a eu de nombreuses rumeurs d'abus de pouvoir. Il a même failli y avoir une guerre avec le Nahrat, le pays voisin, et la situation ne s'est apaisée que lorsque le roi a épousé la cousine de Salim.

— Je l'ignorais, murmura Rosanna.

— Tu me connais, j'ai mes sources.

Le contraire aurait été étonnant. Marian savait pratiquement tout ce qu'il y avait à savoir sur les gens riches et célèbres.

— Et d'après tes sources, certains feraient pression sur le cheikh Salim ?

Cette perspective l'irritait profondément.

— Absolument. Il s'efforce de réparer les dégâts causés par son frère, ce qui explique pourquoi il veut une épouse avec un passé irréprochable, précisa-t-elle. Il a également besoin d'une femme qui pourra s'adapter aux traditions de son pays tout en lui apportant une touche de modernité.

Rosanna avait envie d'en savoir plus. Son frère était mort, mais il était évident qu'il avait toujours une grande influence sur le comportement de Salim et sur ses décisions, ce qui était étonnant. Salim ne semblait pas le genre d'homme à laisser ses émotions obscurcir son jugement.

— Parle-moi de ces critères, demanda Marian. Nous pourrions peut-être lui trouver d'autres candidates.

Rosanna se mordit les lèvres avant de répondre.

— Il souhaite faire une pause, annonça-t-elle d'une voix posée. Il a l'intention de prendre une semaine de vacances et ne veut pas être dérangé par qui que ce soit.

Elle s'interrompit dans l'espoir de se calmer. Sa tante était intelligente. Elle ne manquerait pas de lui poser des questions si elle percevait sa nervosité.

— Je pensais prendre quelques jours de congé moi aussi. Je pourrais visiter les environs…

Rosanna était mal à l'aise. Elle entretenait une excellente relation avec Marian et brûlait de se confier à elle et de lui demander son avis. Las, peu importait combien elle l'aimait et la respectait, elle ne pouvait lui avouer la vérité.

— C'est une excellente idée ! affirma Marian. Un congé te fera du bien, mais nous devons vraiment discuter de ta stratégie…

Salim avait l'impression de devenir fou. Les jours semblaient interminables tant il avait envie de rejoindre Rosanna.

S'il ne l'avait pas fait, c'était uniquement parce qu'il leur serait impossible de garder leur liaison secrète. Et si sa réputation ne risquait pas d'en pâtir, il ne voulait pas embarrasser la jeune femme.

Il l'avait donc reconduite à sa chambre, cet après-midi-là, avant de s'éloigner au plus vite malgré la lueur de désir brûlant dans ses yeux et l'incendie qu'elle avait allumé en lui. Il couvait toujours, le torturant de sa morsure ardente qui menaçait de venir à bout de son self-control.

Il avait bien conscience qu'il ne pourrait pas se libérer tout de suite, mais sa patience s'amenuisait.

D'ordinaire, une journée lui semblait toujours trop courte. Même avant de devenir cheikh, son emploi du temps était rempli de réunions et de missions essentielles au développement de son pays. Il était d'ailleurs en voyage d'affaires lorsque son père était tombé malade.

Depuis son accession au trône, sa charge de travail avait doublé, car il devait également réparer les dégâts causés par son frère. Il devait assister à des réunions avec de hauts dignitaires, des événements publics, des négociations budgétaires… mais loin de lui manquer, le temps semblait s'étirer.

Pour une raison inconnue, il se mit à songer à son père. Avait-il déjà connu pareil tourment ? C'était difficile à imaginer.

Ils avaient souvent été en désaccord, son père ayant toujours préféré préserver les traditions au détriment de la modernité, mais il aurait bien eu besoin de ses conseils en ce moment. Enfin, peut-être pas…

Il n'aurait pas approuvé de voir son fils abandonner ses fonctions, ne serait-ce que pour quelques jours, pour passer du temps avec sa maîtresse, une étrangère qui plus est. Non, il l'aurait encouragé à poursuivre sa recherche d'une épouse afin d'assurer la stabilité du pays.

Salim avait d'ailleurs parfaitement conscience qu'il devait se marier et fonder une famille pour protéger sa nation, mais la perspective de rencontrer d'autres femmes le rendait malade. Il n'avait d'yeux que pour Rosanna.

Tournant la tête, il s'avisa que le soleil serait bientôt couché. Il avait pourtant encore du travail avant de pouvoir emmener Rosanna à leur rendez-vous secret.

Un frisson d'excitation le saisit. Il n'avait jamais été aussi enthousiaste à l'idée de se retrouver seul avec une femme. Sa réaction s'expliquait peut-être par son besoin d'échapper ne serait-ce qu'un instant à la pression et aux exigences inhérentes à sa fonction, de redevenir un homme « normal » durant quelques jours ? À moins que ce ne soit simplement la présence de Rosanna ? Quoi qu'il en soit, il se sentait différent depuis qu'ils avaient passé la nuit ensemble.

S'efforçant de se concentrer sur ton travail, il relut plusieurs documents et les signa avant de les ajouter à la pile.

Se renfonçant dans son siège, il se massa la nuque et sourit en notant que le soleil était couché. Le moment était venu…

Rosanna resserra sa veste comme la voiture prenait de la vitesse.

— Tu as froid ? s'enquit Salim sans quitter la route des yeux.

— Non, ça va. Et puis, je me réchaufferai quand le soleil sera levé.

— Tu as raison, mais il fera moins chaud qu'en ville.

Rosanna hocha la tête. À la façon dont Salim l'avait regardée avant de monter en voiture, il était évident qu'elle n'aurait pas besoin des vêtements qu'elle avait emportés. Ses yeux semblaient encore plus sombres que d'ordinaire, comme lorsqu'il lui avait fait l'amour.

Elle ouvrit la bouche avant de la refermer aussitôt. Pour la première fois depuis qu'ils se connaissaient, elle se sentait intimidée en sa présence, ce qui n'avait aucun sens. Elle n'avait jamais eu peur de le contrarier ou de le défier.

— C'est magnifique, déclara-t-elle, la gorge nouée. Les montagnes sont très belles sous cette lumière.

Les premiers rayons de l'aube nimbaient les sommets de reflets dorés et orangés tandis que le reste de la vallée prenait des teintes indigo.

— Je suis ravi que la vue te plaise. L'aube et le crépuscule sont mes deux moments préférés de la journée pour se rendre dans le désert.

— Tu viens souvent ici ? s'enquit-elle avant d'éclater de rire, imitée par Salim. Je sais, on dirait qu'on vient de se rencontrer dans un bar et que je cherche à te draguer… mais en fait, je suis simplement curieuse. Je ne sais pas pourquoi ça m'intéresse autant, avoua-t-elle en haussant les épaules.

Salim posa la main sur sa cuisse et elle ne put retenir un frisson.

— Je sais pourquoi. Tu es nerveuse, Rosanna.

Comme elle secouait la tête, Salim ajouta :

— Moi aussi.

— C'est vrai ? s'enquit-elle en se tournant légèrement pour l'observer. Pourquoi ?

Il n'avait pourtant aucune raison de l'être. Non seulement il avait plus d'expérience qu'elle, mais il savait exactement où ils allaient. Elle était sur son territoire.

— Tu pourrais changer d'avis, déclara-t-il d'un ton moins détendu que d'habitude. Pourquoi penses-tu que je roule aussi vite ?

— Tu ne roules pas si vite que ça, fit-elle remarquer en jetant un coup d'œil au tableau de bord.

Il sourit, et une étrange chaleur se répandit en elle.

— Pas pour l'instant, parce que nous allons quitter la route principale.

Ralentissant, il tourna pour prendre un chemin en gravier qui serpentait autour d'une colline.

— Où allons-nous ? Je ne sais pas où nous sommes, ajouta-t-elle sans lui laisser le temps de répondre, mais on dirait que les visiteurs ne sont pas les bienvenus.

— Nous ne les aimons pas beaucoup, confirma-t-il.

— Nous ?

— La famille royale, expliqua-t-il. C'est une route privée. Seuls les locaux et notre équipe de sécurité ont connaissance de son existence. Elle n'apparaît sur aucune carte.

— Où mène-t-elle ? s'enquit-elle en se penchant pour regarder par la vitre.

— Là-haut.

Rosanna plissa les yeux et découvrit une masse rose clair qui se révéla être un bâtiment.

— Qu'est-ce que c'est ? Ça semble trop grand pour être une maison.

— C'est le palais de la Reine, précisa-t-il, et c'est une maison fortifiée. Ne t'inquiète pas, elle est très confortable. La famille royale s'en sert comme pied-à-terre depuis des générations.

Il s'interrompit un instant avant de reprendre :

— Je connais les employés qui s'en occupent depuis toujours. Je leur fais confiance. Ils sont très discrets, poursuivit-il, tu n'as donc pas à t'inquiéter qu'ils révèlent quoi que ce soit. Et ils nous laisseront tranquilles à moins que nous ne fassions appel à eux. Nous serons entièrement seuls si nous le voulons, conclut-il d'une voix profonde qui la fit tressaillir.

Si elle mourait d'envie de passer du temps avec lui, une question demeurait sans réponse. Ces quelques jours allaient-ils lui suffire pour se lasser de lui ? Et si, au contraire, son attirance se transformait en quelque chose de plus profond ?

Craignant la tournure que prenaient ses pensées, elle se força à se concentrer sur leur conversation.

— Il est rose, nota-t-elle. Est-ce parce qu'il a été construit pour la reine ? Il ne ressemble vraiment pas à un palais ou le cheikh pourrait se reposer…

Salim éclata de rire.

— Tu ne le trouves pas assez masculin pour accueillir les rois du désert ? Il est fait de granite rose, l'un des matériaux locaux les plus solides au monde, expliqua-t-il avec un sourire. Il a d'ailleurs résisté à un siège, mais a été transformé pour accueillir la famille royale. Nous y venons pour prendre du bon temps.

Le cœur de Rosanna se mit aussitôt à battre la chamade. Mais comment faisait-il pour avoir un tel effet sur elle ? Il ne la touchait même pas et elle était prêtre à se consumer de désir.

Une demi-heure plus tard, Rosanna se trouvait dans la plus belle chambre qu'elle ait jamais vue.

Les murs étaient entièrement blancs à l'exception d'une fresque représentant un jardin décoré de fontaines, de bancs et de champs de fleurs où batifolaient des papillons multicolores, située derrière le gigantesque lit à baldaquin.

En face, une grande fenêtre en arcade donnait sur une terrasse qui offrait une vue magnifique sur la plaine située en contrebas.

— J'ai l'impression d'être au paradis, murmura-t-elle en se penchant pour respirer le parfum d'un bouquet de roses.

Salim aurait pu l'emmener n'importe où, mais il avait choisi un endroit si romantique qu'elle pensait vivre un rêve éveillé.

Ces quatre derniers jours, elle était passée de l'excitation à la peur que Salim ne partage pas ses sentiments, mais il l'avait emmenée dans un palais où se rendait régulièrement la famille royale. Non seulement sa décision prouvait qu'il la respectait, mais elle la bouleversait également énormément. Elle se sentait spéciale, comme si elle comptait réellement à ses yeux, mais également étrangement vulnérable.

— Je suis content que ça te plaise, dit-il, son souffle lui caressant le cou et la faisant frissonner de plus belle.

— La chambre est incroyable et très accueillante.

Sans oublier « romantique », même si elle ne pouvait pas le dire à haute voix. Salim ne s'intéressait pas à l'amour, elle ne pouvait pas l'oublier. Leur relation était basée sur le sexe et rien de plus.

À cette idée, une vague de tristesse la balaya, et elle se mordit les lèvres.

— Veux-tu une tasse de thé ou manger quelque chose ? demanda Salim, la tirant de ses pensées. Tu dois avoir faim ?

Rosanna posa une main sur son estomac. Ils étaient partis tôt, mais elle était trop nerveuse pour manger. C'était la première fois qu'elle entretenait une liaison secrète, et une part d'elle ne pouvait pas s'empêcher d'avoir honte.

— Non merci, je n'ai besoin de rien.

Salim resta un instant silencieux comme s'il hésitait à parler, ajoutant encore à son anxiété.

— Dans ce cas, tu devrais peut-être te reposer ?

— Non ! Je vais bien et je ne suis pas fatiguée.

Pourquoi ne la touchait-il pas ? Qu'est-ce qu'il attendait ? Il n'avait pas besoin de se montrer aussi prudent ou attentif à ce qu'elle ressentait. Ce dont elle avait besoin, c'était lui !

— Mais j'ai envie de quelque chose, reprit-elle d'une voix tremblante.

— De quoi, dis-moi ? s'enquit-il en se rapprochant d'elle.

— Fais-moi l'amour, Salim.

10.

C'était exactement ce qu'il avait l'intention de faire, mais les paroles de Rosanna le refroidirent soudain.

Fais-moi l'amour.

L'espace d'un instant, il avait failli s'exécuter sans la moindre hésitation avant de revenir à la réalité.

S'il l'avait amenée ici, c'était avant tout parce que l'ancienne forteresse était l'un de ses lieux favoris, mais également parce qu'il était proche de la ville. En cas d'urgence, il ne lui faudrait pas longtemps pour revenir au palais.

Il avait également demandé que la chambre soit remplie de roses parce qu'il savait combien elle les aimait et parce qu'elles lui faisaient penser à elle. Sa peau était aussi douce et parfumée que ces fleurs. Quant à son caractère, si elle pouvait se montrer piquante, elle recelait un cœur doux et généreux qui était tout simplement irrésistible.

Mais à présent qu'ils étaient là, il réalisait son erreur. L'atmosphère de la villa et de la chambre était incroyablement romantique. Le palais n'avait d'ailleurs jamais été une retraite où les cheikhs entretenaient leurs maîtresses. Il avait été transformé par l'un d'entre eux par amour pour sa reine.

Las, il était trop tard pour revenir en arrière, surtout quand Rosanna était aussi belle.

L'attirant à lui, il glissa la main dans ses cheveux et lui mordilla le lobe de l'oreille, appréciant sa façon de rejeter la tête en arrière pour mieux s'offrir à sa bouche.

Son honnêteté et sa passion étaient à la fois rafraîchissantes et incroyablement sexy, mais il ne pouvait pas se résoudre à l'emmener sur le lit couvert de pétales de roses.

Ces quelques jours n'étaient pas le début d'une belle histoire d'amour. Il devait impérativement dissiper le malentendu, sans pour autant renoncer à lui donner du plaisir.

— C'est ce que tu veux ? s'enquit-il en glissant une main entre ses cuisses.

— Oui, souffla-t-elle.

Il remarqua leur reflet dans le miroir de la salle de bains et ne put retenir un sourire. Rosanna était plaquée contre lui, les yeux clos, une expression d'extase sur le visage.

— Continue, Salim, je t'en prie.

— Comme tu veux, ma rose.

La gardant dans ses bras, il ouvrit son pantalon et le tira vers le bas.

— Aide-moi.

Elle s'exécuta sans perdre une seconde et il la débarrassa de sa culotte. En la voyant ainsi à moitié nue, il faillit perdre tout contrôle pour la prendre sur-le-champ, mais il se retint. Elle méritait mieux.

— Salim ?

— Ne t'inquiète pas, je suis là, dit-il en glissant les doigts au cœur de sa féminité.

Rosanna frissonna aussitôt et s'appuya sur lui tout en agrippant son bras.

— Tu aimes ça ? murmura-t-il en continuant sa délicieuse torture.

— Oui, mais j'en veux plus, rétorqua-t-elle en frottant ses fesses contre son entrejambe, manquant le rendre fou.

Serrant les dents pour garder le contrôle, il fit remonter son bras pour lui caresser les seins tout en accélérant le mouvement de ses doigts en elle.

Rosanna gémit et ses jambes se mirent à trembler comme l'orgasme menaçait de l'emporter. Lui mordillant la nuque, il la maintint fermement contre lui quand elle cria son prénom.

Il se sentait satisfait mais également étrangement fier

d'avoir réussi à donner autant de plaisir à une femme aussi extraordinaire qu'elle. Il était heureux.

Fronçant un instant les sourcils, il tenta d'ignorer ces étranges sentiments. D'ordinaire, ses liaisons n'étaient pas aussi compliquées. Il n'avait pas à se cacher ainsi ni à attendre aussi longtemps avant de retrouver sa maîtresse. Tout allait sûrement rentrer dans l'ordre dès qu'il l'aurait faite sienne de nouveau.

Sans la relâcher, il prit un préservatif dans la poche de son pantalon.

— Appuie-toi ici, ordonna-t-il en la tournant légèrement pour la guider vers le dossier du canapé.

Ôtant son jean, il se plaça juste derrière elle et poussa un grognement quand elle releva les fesses pour être à sa hauteur.

— Prête ?

En guise de réponse, elle se pressa contre lui.

Ivre de désir, il lui agrippa les hanches et entra en elle d'un mouvement fluide qui lui arracha un grognement de plaisir.

Elle était si chaude, si brûlante autour de lui qu'il faillit se perdre en elle sur l'instant.

S'immobilisant pour reprendre ses esprits, il ne put que sourire quand elle se débarrassa de sa chemise et de son soutien-gorge pour lui prendre la main et la poser sur ses seins.

Réprimant un juron, il caressa aussitôt ses mamelons durcis par le désir avant de s'adresser à elle.

— Regarde dans le miroir, Rosanna.

Comme elle relevait la tête, ses yeux s'écarquillèrent en découvrant la vision érotique qu'ils offraient tous les deux. Loin de paraître gênée, elle sembla au contraire encore plus excitée.

Incapable de se retenir plus longtemps, Salim reprit son mouvement de va-et-vient, lentement d'abord avant d'accélérer comme elle lançait les hanches à sa rencontre.

Elle était tellement belle avec sa longue chevelure retombant sur ses épaules, sa peau rougie par le plaisir et ses lèvres entrouvertes l'appelant d'un murmure qu'il avait l'impression de devenir fou.

Le corps de Rosanna se tendit soudain et elle cria son

nom, alors il continua ses coups de boutoir jusqu'à ce que la jouissance l'emporte à son tour, l'emmenant toujours plus haut et toujours plus loin jusqu'à ce qu'il n'y ait plus rien qu'un plaisir sauvage, brûlant et tellement intense qu'il en était presque douloureux.

Rosanna s'éveilla un sourire aux lèvres et le corps de Salim pressé contre le sien. Il ne l'avait pratiquement pas quittée depuis leur arrivée au palais, ne s'absentant que pour prendre un coup de fil de ses employés quand c'était nécessaire.

Les instants qu'ils avaient partagés avaient changé sa vision du sexe. Avant lui, sa seule expérience se limitait à Phil, qui se contentait de relations dans l'obscurité et dans la même position à chaque fois.

Phil travaillait beaucoup, mais son manque d'enthousiasme ne pouvait pas s'expliquer par la fatigue. Même si Salim ne dormait que quelques heures par nuit, non seulement il semblait infatigable, mais il était aussi exigeant, passionné et insatiable. Et pourtant, pas une fois il n'avait tenté de la pousser à faire quelque chose qui la mettait mal à l'aise. Au contraire, il était un amant attentionné et attentif à ses moindres désirs.

Salim remua doucement, et ce simple mouvement suffit à lui arracher un frisson de plaisir. Sa main reposait toujours sur sa cuisse comme s'il voulait prouver qu'elle lui appartenait même dans son sommeil.

Elle adorait sa façon de la toucher dès qu'il en avait l'occasion. Parfois, il glissait la main dans ses cheveux pour en apprécier la douceur et, quand ils quittaient le palais, il n'hésitait jamais à lui prendre la main.

Ils avaient d'ailleurs longuement exploré les environs et même fait l'amour dans une piscine naturelle surplombant la vallée, un instant magique qu'elle ne pourrait jamais oublier tant elle s'était sentie respectée et chérie.

Salim ne lui avait jamais donné l'impression qu'il ne s'intéressait qu'à son corps. Au contraire, il semblait l'apprécier pour qui elle était vraiment et il lui avait permis de regagner la confiance qu'elle avait perdue.

D'un point de vue purement sexuel, il avait certes davantage d'expérience, mais elle avait le pouvoir de le rendre fou de désir. Salim la désirait autant qu'elle le désirait et rien ne semblait avoir changé depuis leur arrivée.

À cette idée, Rosanna fronça les sourcils. Cela faisait quatre jours qu'ils étaient là, et elle se sentait plus proche de lui que jamais.

— Tout va bien, ma rose ? s'enquit-il d'une voix grave, la tirant de ses pensées.

Ma rose.

Un surnom qu'elle adorait et qui lui donnait l'impression d'être délicate et précieuse. Il convenait d'ailleurs parfaitement à l'atmosphère romantique du palais. Pour peu, elle aurait presque pu se convaincre qu'elle y avait sa place, presque…

— Oui. Je comptais me lever pour te laisser dormir.

— Seul ? s'enquit-il d'un air déçu comme sa main se glissait entre ses cuisses. Ah, Rosanna, pourquoi me taquines-tu autant ?

Il remua, son érection appuyant contre ses fesses, et elle ne put s'empêcher de se presser contre lui.

— Tu as besoin de te reposer, affirma-t-elle dans un souffle comme des vagues de plaisir montaient en elle.

C'était si bon d'être désirée et caressée par cet homme !

— J'étais en train de rêver de toi, murmura-t-il sans cesser sa délicieuse torture. Tu ne peux pas me demander de me rendormir alors que je suis dans cet état.

Doucement, il la fit rouler sur le dos et plaça ses jambes sur ses épaules, lui arrachant un petit cri de surprise.

— Salim, je…

Elle s'interrompit en voyant l'expression de son regard. Il semblait si sérieux.

Comme elle ouvrait la bouche, il en profita pour l'embrasser avec passion et le reste du monde disparut.

Salim observa Rosanna allongée sur un transat. Elle était entièrement nue à l'exception du fin caftan rouge qu'elle avait insisté pour enfiler et qui lui collait au corps, soulignant ses formes voluptueuses. Elle était d'ailleurs tellement sexy qu'il avait du mal à imaginer qu'il finirait par se lasser d'elle. Il n'avait pourtant pas le choix.

Pour la première fois de son existence, il se demanda à quoi ressemblerait sa vie s'il n'était pas né au sein de la famille royale et était libre d'agir comme bon lui semblait.

Irrité contre lui-même, il secoua la tête. Inutile de se poser ce genre de question ridicule.

— Parle-moi de cet endroit, Salim, le pria-t-elle, le ramenant à la réalité. Le palais semble ancien, mais il est bien trop confortable et agréable pour être une forteresse.

— Que veux-tu savoir ?

Elle avait les yeux fermés et semblait sur le point de s'endormir. Lui-même ne s'était pas senti aussi bien ni aussi détendu depuis longtemps… même si son corps vibrait d'énergie contenue. Rosanna avait décidément l'art de lui faire dépasser ses propres limites. Avait-il jamais désiré une femme de cette façon ?

Comme il la contemplait toujours, son cœur se serra douloureusement, le prenant par surprise.

Fronçant les sourcils, il se frotta le torse en s'efforçant de comprendre l'origine de cette douleur soudaine. Elle l'avait déjà saisi un peu plus tôt quand il avait plongé ses yeux dans les siens avant de la pénétrer. Que lui arrivait-il ?

Sa réaction n'avait aucun sens. S'ils étaient compatibles sexuellement, ils n'avaient aucun avenir ensemble. Ils allaient bientôt se séparer… même s'il n'en avait aucune envie. Une semaine était bien trop courte pour briser le lien qui les unissait. Et pourtant, il n'avait pas le choix.

— Parle-moi de la reine pour laquelle il a été construit, demanda-t-elle d'une voix ensommeillée.

— Il n'a pas été construit pour une reine. C'était la forteresse d'un clan qui existait il y a plusieurs siècles, expliqua-t-il.

Depuis, les temps ont changé. Les seuls combats que nous menons à présent sont politiques. Le palais est revenu à la famille royale quand l'un des plus grands cheikhs que notre pays ait connus a épousé la fille du chef de clan. La forteresse faisait partie de sa dot.

— Ce devait être un clan puissant pour posséder une telle position stratégique, fit-elle remarquer en ouvrant les yeux.

— En effet, confirma-t-il. Le cheikh a remporté une belle victoire politique en l'épousant, même si elle avait refusé par deux fois sa demande, ajouta-t-il avec un sourire amusé.

— Je crois que j'ai entendu parler d'elle, déclara-t-elle soudain en écarquillant les yeux.

Elle se redressa, lui offrant une vue plongeante sur son décolleté, et l'entrejambe de Salim le serra douloureusement.

— Le cheikh a construit ces trois magnifiques portes pour célébrer le fait qu'elle ait accepté de l'épouser. En tout cas, c'est ce qu'on raconte.

— Tu n'y crois pas ? demanda-t-elle avant de se rallonger.

— Je n'ai jamais été romantique, mais je devrais peut-être y croire, ajouta-t-il. En fait, il paraît que tous les cheikhs qui lui ont succédé se sont mariés par amour.

— J'adore ce genre d'histoire ! s'exclama-t-elle, les yeux brillants de joie. J'aime imaginer ces hommes puissants et féroces mis à genoux par une femme.

— Après avoir reçu la forteresse, le cheikh l'a transformée en palais privé pour son épouse et sa famille, reprit-il, amusé par sa remarque. C'est également lui qui aurait ordonné de planter des fleurs et des arbres fruitiers dans le jardin. Chaque génération au pouvoir a apporté sa contribution, poursuivit-il, et le palais est devenu de plus en plus luxueux. Il ne reste pratiquement rien de la forteresse mis à part ses murs épais et les créneaux au sommet.

— J'aime beaucoup le fait qu'elle soit devenue un endroit spécial pour la famille royale, avoua-t-elle avec un sourire. Ce palais compte beaucoup pour toi, non ?

— Oui, j'y viens depuis toujours.

— Tu descends donc d'une longue lignée de romantiques. J'ai du mal à y croire, ajouta-t-elle, amusée.

Elle n'avait même pas besoin de parler de sa recherche d'épouses. Ils y pensaient tous les deux.

— En fait, ce n'est pas le cas.

— Pardon ? Je pensais que le titre était transmis de père en fils ?

— Ça se passe généralement ainsi. Le fils aîné devient l'héritier, mais le conseil a préféré me confier la couronne au détriment de Fuad, ajouta-t-il avec une grimace.

Leur décision avait d'ailleurs convaincu ce dernier de quitter la capitale. Ivre de colère, il avait eu un accident de voiture qui lui avait coûté la vie.

Que serait-il arrivé s'il avait survécu ? Aurait-il fini par accepter la situation ? C'était peu probable. Si Salim se sentait coupable de la mort de son frère, il ne se faisait aucune illusion sur le genre d'homme qu'il était. Ils n'avaient d'ailleurs jamais été très proches.

— Je ne comprends pas, dit-elle en fronçant les sourcils. Tu es devenu roi, tu dois donc être un descendant direct de ce fameux cheikh.

Salim secoua la tête avant d'expliquer :

— Il y a deux générations, le cheikh n'avait qu'une fille et, selon notre Constitution, une femme ne peut pas monter sur le trône. À la mort de son épouse, ses conseillers l'ont encouragé à se remarier pour avoir un héritier mâle, mais il a refusé. Il aimait son épouse et ne voulait pas la remplacer, poursuivit-il en notant que Rosanna l'écoutait avec attention. Il a fini par céder en réalisant que son peuple était inquiet et que le pays risquait de sombrer dans l'instabilité. Il a épousé la veuve de son meilleur ami. Elle avait déjà un fils, qu'il a adopté pour en faire son héritier légal. C'était mon père.

— C'est tellement romantique ! déclara-t-elle avec un soupir. Qu'est-il arrivé à sa fille ? Celle qui ne pouvait pas monter sur le trône ?

— Elle s'est mariée, et sa fille, Tara, vit toujours dans la région. C'est ma cousine, précisa-t-il avec un sourire. Elle a épousé le cheikh de Nahrat et ils sont très heureux.

S'apercavant que Rosanna l'observait toujours d'un air rêveur, il reprit :

— Je ne suis pas aussi romantique. Le mariage de mes parents était une union arrangée. Ma mère était la princesse d'un royaume voisin, et nos deux pays ont conclu plusieurs accords économiques et politiques. Fuad et moi avons tous les deux été préparés à choisir une épouse dans l'intérêt de notre nation et non par amour.

— Tu ne crois pas à l'amour ?

Elle parlait d'un ton posé, mais Salim n'était pas dupe. Ce n'était pas de la simple curiosité.

— Je crois qu'il existe parce que certains affirment que c'est le cas, répondit-il en haussant les épaules.

Ce n'était pas tout à fait vrai. Il suffisait de voir Tara et Raif ensemble pour se convaincre qu'ils s'aimaient véritablement, mais il ne pouvait l'avouer à Rosanna. C'était trop dangereux.

— Aucun membre de ma famille, du moins parmi mes proches, ne pourrait en dire autant. Je pense qu'il faut avoir grandi avec la certitude que l'amour existe pour pouvoir aimer quelqu'un, dit-il en se passant la main dans les cheveux. Et ce n'est pas le cas dans ma famille, c'est même tout le contraire, conclut-il en plongeant son regard dans le sien pour s'assurer qu'elle avait compris le message.

11.

Rosanna referma son livre avec un soupir. Elle n'arrivait pas à se concentrer, les confidences de Salim sur la forteresse et sa famille tournaient dans sa tête.

L'histoire de ce roi ayant suivi son cœur et de ses descendants ayant emprunté le même chemin était incroyablement romantique et charmante. Pour autant, ce n'était pas ce souverain appartenant à une époque révolue qui l'obsédait. C'était Salim et le regard qu'il lui avait adressé en déclarant que sa famille était l'exception à la règle.

C'était un avertissement et un rappel qu'il devait se trouver une partenaire capable de répondre aux besoins de son peuple avant toute autre chose. Il n'avait pas l'intention de tomber amoureux… ni d'elle ni de n'importe qui d'autre. Ce qui était aussi bien ; elle n'avait pas besoin de ce genre de complication.

Après sa rupture avec Phil, la perspective d'aimer un autre homme la terrifiait. Elle allait avoir besoin de temps pour accorder de nouveau sa confiance à un homme, même si cet homme était Salim.

Elle ne correspondait d'ailleurs pas au profil qu'il recherchait. Mis à part quelques phrases en allemand apprises à l'école, elle ne parlait que l'anglais et n'avait aucune expérience diplomatique. Elle ne se sentait pas à sa place au sien de la famille royale ou parmi de hauts dignitaires étrangers. Quant aux critères physiques… Elle n'était ni grande ni blonde. Et il y avait ce scandale qu'elle s'était efforcée d'oublier, en vain.

Posant son livre, Rosanna se redressa pour observer le soleil baignant les montagnes d'un éclat doré. Les rayons de lumière passant au-dessus d'un petit ruisseau avaient créé un arc-en-ciel qui donnait une atmosphère féerique à l'ensemble.

Le cœur de Rosanna se serra. Elle ne croyait plus aux contes de fées et, depuis sa rupture avec Phil, elle avait également du mal à croire à l'amour. C'était d'ailleurs l'une des raisons qui l'avait poussée à accepter la proposition de Salim.

Passer quelques jours en sa compagnie était la seule façon d'avancer et de tourner la page. Elle pourrait ensuite retourner à sa vie d'avant et poursuivre ses efforts pour se reconstruire. Et avec un peu de chance, un jour, elle finirait par rencontrer un homme digne de confiance qu'elle pourrait aimer et qui l'aimerait en retour.

C'était le seul avenir possible, alors pourquoi s'était-elle sentie aussi blessée qu'il l'abandonne pour rendre visite aux employés du palais ? Il aurait pu lui demander de l'accompagner, à moins bien sûr qu'il ait honte d'elle…

Fronçant les sourcils, elle secoua la tête. Elle n'avait pas le droit d'être en colère contre Salim. S'il ne l'avait pas emmenée, c'était pour éviter toute complication inutile. S'il la présentait à ses amis, ils seraient tous les deux forcés de répondre à des questions gênantes. Il avait simplement cherché à les protéger, mais sa décision était un rappel horriblement douloureux de la nature de leur relation.

— Tu es certaine que tu veux aller marcher ?

En temps normal, il aurait sauté sur l'occasion de faire une randonnée, mais Rosanna était sûrement épuisée après la nuit qu'ils avaient passée. Il aurait d'ailleurs adoré rester au lit quelques heures avant de prendre son petit déjeuner en sa compagnie et de lui refaire l'amour encore et encore.

— Oui, j'ai envie de découvrir ces petits villages dont tu m'as parlé.

Elle s'interrompit un instant avant de baisser la tête.

— À moins que tu n'en aies pas envie ?

Salim plissa les yeux. Elle semblait hésitante et très

différente de la femme sexy et sûre d'elle avec qui il avait passé ces derniers jours.

Malgré lui, il songea à la façon dont elle l'avait accueillie la veille, à son retour. Elle ne lui avait pas fait le moindre reproche, mais il s'était senti coupable de ne pas l'avoir invitée à rencontrer ses amis alors qu'elle s'était montrée aussi curieuse vis-à-vis de son pays et de sa famille. Il s'était montré égoïste et insensible, la traitant comme un secret ou un trésor qu'il ne voulait partager avec personne.

— Bien sûr que je…

— Nous n'avons pas besoin d'aller jusqu'aux villages, le coupa-t-elle, et Salim retint un juron.

Craignait-elle qu'il ait honte d'elle ?

— Nous pouvons aller où tu veux, déclara-t-il pour la rassurer. Je pensais juste que tu étais fatiguée.

Rosanna haussa les épaules, et ce simple geste le mit à la torture. Comment faisait-elle pour avoir un tel effet sur lui ? Il ne rêvait rien tant que de l'attirer à lui pour la garder au creux de ses bras.

Une vive douleur le saisit soudain à la poitrine et il serra les dents. Était-ce un avertissement ? Un rappel que ce qu'il ressentait en ce moment, que ce lien intense qui les reliait finirait par disparaître ? Il ne pouvait pas en être autrement.

— D'accord. Je vais prendre une douche et m'habiller, et nous pourrons aller nous promener.

De nouveau, elle s'interrompit un instant avant de reprendre :

— Je comprendrais que tu changes d'avis. Je peux y aller seule, ajouta-t-elle en évitant son regard pour se réfugier dans la salle de bains.

Ennuyé par sa réaction, Salim ouvrit la bouche, mais la referma aussitôt. Que devait-il faire ? S'excuser de l'avoir abandonnée la veille ? Il n'avait pas pu faire autrement pour la protéger et éviter les questions indiscrètes.

La douleur dans son torse se fit plus vive et il serra les poings. Il n'aimait pas se sentir coupable ni la voir aussi inquiète et méfiante.

Il se leva et envisagea un instant de la rejoindre sous la douche avant d'y renoncer. Il ne pouvait pas se permettre de se laisser guider par le désir. Non, il devait se montrer prudent.

Une heure plus tard, après avoir pris un petit déjeuner léger, ils étaient prêts à partir.

Comme ils passaient devant l'écurie, un homme en sortit.

— Votre Majesté.

— Murad ! C'est bon de te revoir.

Le vieil homme s'inclina, et Salim réalisa soudain combien de temps avait passé depuis leur dernière rencontre.

— Je t'en prie, relève-toi.

Dans d'autres circonstances, il aurait embrassé le vieil homme, mais ce geste aurait mis Murad mal à l'aise en présence de Rosanna.

— Je vous présente mes condoléances, Votre Majesté. Votre père était un homme bon et un excellent roi.

— Merci, Murad.

Celui-ci lui sourit et Salim prit sa main dans les siennes.

— Je suis si content de t'avoir vu, mon ami. Voici Murad Darwish, dit-il en se tournant vers Rosanna. Il était responsable du palais de la Reine jusqu'à ce qu'il prenne sa retraite il y a quelques années. Je le connais depuis toujours.

— Murad, j'aimerais te présenter Rosanna MacIain, qui vient de Londres.

Ils se serrèrent la main, et Rosanna le salua dans sa langue natale, ce qui les surprit et les ravit tous les deux.

— Tu es venu voir ta famille ? demanda Salim en anglais pour ne pas que Rosanna se sente exclue.

Le fils et la belle-fille de Murad l'avaient remplacé au palais, et ce dernier vivait dans un village situé à quelques kilomètres de là.

— C'est vous que je suis venu voir, Votre Majesté, déclara-t-il en ouvrant la porte. Si vous voulez bien me suivre.

— Oh ! qu'ils sont beaux ! s'exclama Rosanna en découvrant plusieurs boules de poils.

Salim se rappela soudain les chiens que son père appréciait tant et qui avaient toujours vécu au palais. Il avait d'ailleurs passé des heures à jouer avec eux dans les écuries.

— Ils sont magnifiques, déclara-t-il en s'agenouillant pour caresser l'oreille d'un chiot qui se mit aussitôt à battre de la queue.

— Ils descendent de la lignée favorite de votre père.

— Tu as réussi à les sauver ? demanda Salim d'un air surpris.

— Seulement quelques-uns, avoua Murad, penaud. D'autres ont été recueillis par des gens de confiance.

— Merci pour tout, Murad.

— Je voulais vous les présenter. C'est pour ça que je suis là et que je vous ai amené les deux plus beaux de la portée.

La gorge de Salim se serra. C'était un cadeau généreux. Des chiots avec un tel pedigree valaient une fortune, mais c'était surtout un souvenir de son défunt père et de son enfance, ainsi que la preuve, une de plus, que Murad était un véritable ami et un mentor.

— Merci beaucoup, Murad.

— Je suis ravi que cela vous plaise. Si vous voulez bien m'excuser, ajouta-t-il, je vais prévenir ma famille de mon arrivée pendant que vous faites votre choix.

Salim affichait un air impassible, mais Murad avait deviné combien il était ému, ce qui n'avait rien d'étonnant. Le vieil homme le connaissait mieux que n'importe qui et savait combien il admirait son père.

Le second chiot vint se frotter contre sa main, et Salim ne put retenir un sourire.

— Tu aimes les chiens, on dirait, fit remarquer Rosanna.

— Nous avons toujours eu des chiens et des chevaux au palais, rétorqua-t-il en haussant les épaules. Toi aussi tu as l'air de les aimer, et ça semble réciproque.

— J'ai grandi entourée d'animaux. Nous avons eu plusieurs chiens, des lapins et même un lézard et des souris, expliqua-t-elle avec un sourire.

— C'était une véritable ménagerie !

— Dit l'homme qui a grandi au milieu d'un élevage de chiens et d'une écurie de pur-sang.

Elle ne semblait pas jalouse, juste amusée, contrairement à la majorité des gens qui l'entouraient. Ceux-ci avaient une vision tronquée de son enfance ou de l'environnement dans lequel il avait grandi. S'il n'avait jamais manqué de rien, il n'avait pas non plus connu les joies d'une vie de famille normale.

Il ne s'en était jamais plaint, mais Rosanna le taquinait comme s'ils étaient sur un pied d'égalité, ce qui était à la fois nouveau et rafraîchissant.

— Tu avais un chien, enfin, un qui t'appartenait ?

Sa question lui fit aussitôt retrouver son sérieux.

— J'en ai eu un…

Un chiot avec des yeux brillants et des pattes trop grandes pour son corps, qu'il adorait véritablement.

— Je suis désolée, déclara-t-elle en le regardant avec attention. Je devine que ce n'est pas un bon souvenir…

Salim secoua la tête comme le chiot noir lui léchait la main.

— J'ai reçu un chien pour mon cinquième anniversaire, déclara-t-il, incapable de se retenir plus longtemps.

Était-ce le fait d'avoir croisé Murad ou de se retrouver dans les écuries après toutes ces années ? À moins que ce ne soit la présence de Rosanna à ces côtés, quoi qu'il en soit, il avait envie de se confier à elle.

— J'ai toujours aimé les animaux, et mes parents pensaient que ce serait un bon moyen de me responsabiliser. Malheureusement, ça a provoqué la colère de mon frère.

Rosanna fronça les sourcils et il s'empressa de préciser :

— Il n'aimait pas les chiens, c'est pour ça qu'il n'en a pas reçu.

— C'est curieux. A-t-il été attaqué ou mordu ?

— Non, du moins pas que je sache. Il n'aimait pas les animaux, précisa-t-il en caressant le ventre du chiot, et ceux-ci le lui rendaient bien.

Que ce soit des chiens ou des chevaux, ils semblaient tous

éviter Fuad ou réagir avec agressivité quand ils s'en approchaient, comme s'ils avaient perçu sa nature cruelle.

— Un jour, mon chien a disparu. Il a été retrouvé plusieurs heures plus tard au fond d'un vieux puits dans la cour, déclara-t-il en plongeant son regard dans le sien. Personne n'a compris comment il avait pu y tomber, car il y avait un filet censé empêcher ce genre d'accident. Un lad a fini par avouer qu'il avait vu Fuad y jeter mon chien.

— Oh ! non, Salim ! C'est horrible, ajouta-t-elle en lui prenant la main. C'était vrai ?

— Fuad a toujours nié, mais il n'a plus eu le droit de s'approcher des chiens ou des écuries, ce qui ne le dérangeait pas le moins du monde.

Son père avait trouvé d'autres moyens de punir son frère, et ce dernier l'avait rendu responsable, n'hésitant pas à passer sa colère sur lui dès qu'il en avait l'occasion. Salim n'avait jamais rien dit parce qu'il était trop têtu pour reconnaître sa faiblesse devant son frère.

— Je suis désolée. Ça n'a pas dû être facile de grandir avec un frère tel que lui.

— Nous n'étions pas proches, admit-il avec un soupir.

— Tu as demandé à Murad s'il avait réussi à sauver certains chiens… de ton frère ?

Salim hésita un instant avant de répondre.

— Quand la maladie de notre père a empiré, c'est Fuad qui a pris le pouvoir. J'étais à l'étranger pour recruter des investisseurs, expliqua-t-il comme elle fronçait les sourcils. Je ne savais pas que mon père était aussi mal en point. Il ne m'a rien dit, Fuad non plus.

Il se sentait d'ailleurs toujours coupable de ne pas être rentré plus tôt.

— Et il s'est passé quelque chose, fit-elle.

— Fuad a ordonné de vider les écuries et de se débarrasser des chiens. Les chevaux ont été vendus mais les chiens…

— Attends, quand tu parles de s'en débarrasser, tu veux dire qu'il les a fait tuer ? demanda-t-elle, horrifiée.

Il acquiesça.

— Je sais que la plupart ont réussi à s'échapper, mais je ne sais pas ce qui leur est arrivé.

— Ton ami Murad est quelqu'un de bien, déclara-t-elle en serrant sa main. Je comprends pourquoi tu l'aimes autant.

— J'ai eu de la chance de l'avoir dans ma vie.

Il retomba dans le silence en réalisant que c'était la première fois qu'il parlait ainsi de son enfance. Malgré ses efforts pour garder ses distances, il ne s'était jamais senti aussi proche de qui que ce soit.

— Qu'est-ce qui ne va pas ? s'enquit la jeune femme en remarquant l'expression de son visage.

— Rien du tout. Parle-moi de ta famille. Vous êtes proches les uns des autres ?

Un sourire aux lèvres, Rosanna lui parla longuement de son enfance et de ses trois frères, et Salim l'écouta en caressant le chien. Il avait l'impression d'avoir pénétré dans un autre monde, très différent de celui qu'il connaissait depuis toujours.

— Tu ne m'as rien dit sur ton ex-fiancé, fit-il remarquer.

À ces mots, Rosanna se raidit aussitôt.

— Phil ne fait plus partie de ma vie, dit-elle froidement.

— Comment vous êtes-vous rencontrés ? insista-t-il malgré tout.

— J'ai été engagée pour recruter des candidats pour une institution financière. Phil y travaillait.

Elle redevint silencieuse, et sa réaction le remplit de satisfaction. De toute évidence, il n'y avait plus rien entre eux.

— Vous êtes restés ensemble longtemps ?

— Assez longtemps pour parler de mariage, répondit-elle en haussant les épaules.

— Vous étiez donc compatibles.

— C'est ce que je pensais, mais je me suis trompée.

Il était évident qu'elle n'avait pas envie d'en parler, mais Salim avait besoin d'en savoir plus. Elle semblait souffrir.

— Il t'a fait du mal ?

— Je lui ai fait confiance, avoua-t-elle en évitant son regard, et il m'a trahie. J'ai perdu toute confiance en moi. Donc oui, on peut dire qu'il m'a fait du mal. Je suis plus prudente à présent, je ne me fais plus d'illusions, affirma-t-elle en relevant la tête. Je pensais le connaître, mais je me leurrais. Je ne commettrai plus jamais la même erreur, conclut-elle avec un sourire qui n'atteint pas ses yeux.

Elle reporta son attention sur le chiot qui dormait toujours sur ses genoux, et Salim en profita pour l'observer. Son ex l'avait trahie, mais avec qui ? Une maîtresse ? Si c'était le cas, c'était un véritable crétin. Aucune femme ne tenait la comparaison avec elle.

Elle affirmait avoir perdu toute confiance en elle, mais elle n'avait jamais hésité à le contredire ou à le reprendre quand elle pensait qu'il commettait une erreur. Ils n'étaient pas nombreux à oser défier ainsi un homme tel que lui, mais Rosanna n'avait pas hésité une seconde. C'était admirable !

Je suis plus prudente à présent, je ne me fais plus d'illusions…

Ces paroles l'intriguaient autant qu'elles l'attristaient. Avait-elle décidé de ne plus faire confiance aux hommes ou de leur fermer son cœur ? Elle méritait pourtant plus que quiconque de trouver le bonheur et l'amour…

Une vague de malaise le saisit soudain tandis qu'il songeait à la façon dont il l'avait traitée.

Il l'avait emmenée au palais afin de prendre du plaisir avec elle en toute discrétion avant de retourner à la capitale pour se trouver une épouse. Son comportement n'était pas celui d'un homme honorable. C'était même tout le contraire, surtout après ce qui lui était arrivé avec son ex-fiancé. Et pourtant, Rosanna n'avait pas hésité une seconde à s'offrir à lui et à lui donner plus de plaisir qu'aucune femme avant elle.

Le chiot s'étira, elle continua à la caresser, un sourire aux lèvres, et son cœur se serra douloureusement.

Depuis le début, la perspective d'épouser une inconnue pour le bien de son peuple lui était apparue comme l'un de ses devoirs, mais à présent elle lui apparaissait comme une véritable épreuve.

12.

Allongée sur le torse de Salim, Rosanna s'efforçait de reprendre son souffle. Ils avaient l'amour, une fois de plus, mais pourquoi tout lui avait-il semblé si différent, plus puissant, plus profond ?

Non !

Elle ne pouvait pas se permettre de se faire des illusions. Ce n'était qu'une question de sexe et de désir, rien de plus. Peu importait que Salim se soit ouvert à elle et lui ait parlé de son enfance, qu'il lui ait présenté Murad ou qu'ils se soient rendus dans son village où elle avait discuté avec les habitants et bu du thé avec eux. Rien n'avait changé.

— Les gens d'ici sont tellement gentils, murmura-t-elle, incapable de retenir un sourire. J'ai passé un excellent moment.

— Ils adorent les visiteurs, rétorqua-t-il en glissant un bras autour d'elle.

— Ils ont l'air heureux.

— Les Dhalkuris sont courageux et ils aiment leur pays, affirma-t-il en lui caressant les cheveux. Ils ont apprécié que tu parles leur langue. Où l'as-tu apprise ?

— Je ne connais que quelques mots, dit-elle, ravie qu'il reconnaisse ses efforts. Ton assistant, Taqi, m'a aidée pour la prononciation.

Le portable de Salim sonna soudain et son humeur s'assombrit. Il se leva, décrocha et se passa la main dans les cheveux en un geste de frustration avant de raccrocher.

Sans un mot, il s'assit sur le lit, les yeux rivés sur la grande fenêtre et les montagnes plongées dans les ténèbres.

— Salim ? l'interrogea-t-elle d'une voix posée malgré la peur qui lui serrait le cœur. C'est une mauvaise nouvelle ?

Il se tourna vers elle en secouant la tête, mais l'expression de son visage l'emplit d'effroi. Il semblait être redevenu le souverain inaccessible qu'elle avait rencontré lors de son arrivée.

— Non, c'est au contraire une excellente nouvelle. Il y a eu une avancée significative dans des négociations internationales, mais les derniers points doivent être discutés par les dirigeants de chaque pays. Ils ont besoin de moi, poursuivit-il d'un ton lourd de regret. Je peux me rendre à la capitale ou les faire venir ici mais…

Le palais était son refuge. Il ne pouvait pas ramener d'étrangers ici et surtout pas en sa présence, sans quoi leur relation deviendrait publique.

— Quand partons-nous ?

— Immédiatement.

Rosanna tressaillit et Salim eut soudain envie de la serrer contre lui et de s'abandonner à la douceur et la chaleur de son corps, d'ignorer son devoir et le traité de paix qui avait été sa priorité depuis son accession au trône, de jeter son portable par la fenêtre et de rester à ses côtés en oubliant le reste du monde. Et c'était bien là le problème.

Il la désirait autant qu'à leur arrivée, davantage même, comme si ces quelques jours n'avaient fait que renforcer ce lien qui les unissait. Comment avait-il pu se convaincre qu'une semaine suffirait à le satisfaire et qu'il pourrait retourner à sa vie d'avant et se trouver une épouse ?

Son peuple accepterait son choix, mais il leur devait de leur donner une reine qui pourrait l'aider à atteindre ses objectifs, une partenaire habituée aux exigences et aux devoirs liés à sa fonction et qui posséderait de solides compétences diplomatiques.

Ses parents lui avaient appris à faire passer l'intérêt de ses sujets avant le sien et à se sacrifier pour le bien de la nation. Il n'avait pas le droit d'ignorer ses responsabilités pour garder à ses côtés la seule femme qu'il désirait et qu'il appréciait vraiment.

— Je vois, lâcha-t-elle en remontant le drap sur sa poitrine.

Son geste le déstabilisa autant qu'il l'étonna. C'était la première fois qu'elle se couvrait devant lui.

— Nous ne pourrons pas revenir, n'est-ce pas ?

— Non, les négociations vont prendre plusieurs jours, répondit-il, furieux qu'elle soit aussi calme.

— Je vais faire nos bagages pendant que tu prends ta douche.

Salim fronça les sourcils. Il aurait dû lui être reconnaissant de se montrer aussi raisonnable, mais il était en colère contre les négociateurs qui avaient fait du trop bon travail, contre son homologue qui était prêt à signer, mais surtout contre Rosanna qui ne semblait ni déçue ni triste que leur petit interlude prenne fin. Elle s'en moquait alors qu'il était à l'agonie.

— Ce ne sera pas nécessaire, déclara-t-il en se levant d'un bond.

Le regard lourd de désir qu'elle lui lança ne suffit pas à améliorer son humeur.

— Tu devrais rester et en profiter pour te reposer. Une voiture viendra te chercher dans deux jours. Je vais prendre une douche et je serai parti dans dix minutes, conclut-il en tournant les talons.

13.

Rosanna était de retour à la capitale depuis quatre jours quand elle réalisa que quelque chose n'allait pas.

Au début, elle avait réussi à se convaincre qu'elle se faisait des idées. Elle ne dormait pratiquement plus depuis le départ de Salim et devait lutter en permanence pour ne pas fondre en larmes et se laisser aller au désespoir, car elle avait commis la pire erreur de son existence. Elle était tombée amoureuse d'un homme qui ne la voyait que comme sa maîtresse et l'avait engagée pour lui trouver une épouse.

Salim n'avait rien ajouté le jour de son départ, se contentant de la remercier d'un ton formel pour le temps qu'elle lui avait accordé. Il ne lui avait fait aucune promesse ni donné aucun signe que ces quelques jours avaient également compté à ses yeux. Si elle était tombée éperdument amoureuse de lui, leur petite aventure lui avait suffi pour se lasser d'elle, comme il l'avait prévu.

À présent, non seulement elle avait le cœur brisé, mais elle était également incapable de travailler parce qu'il refusait de la voir malgré ses demandes répétées. À croire qu'il ne supportait même plus de se trouver en sa présence… Et il y avait également ce sentiment terrible que quelque chose clochait.

L'employée qui venait de lui apporter du café et avec qui elle avait l'habitude de discuter avait d'ailleurs rougi et s'était excusée avant de quitter rapidement la pièce.

Bien décidée à obtenir des réponses, elle partit à la recherche de Taqi.

Arrivée dans la grande salle attenante au bureau du cheikh, Rosanna s'immobilisa, le cœur battant.

De l'autre côté de la pièce se tenaient Zarah, l'une des candidates potentielles et nièce du ministre des Finances. Celui-ci, un grand sourire aux lèvres, lui prit d'ailleurs le bras, escortant ainsi sa protégée.

Rosanna se réfugia dans le couloir et s'appuya contre le mur pour se calmer.

Zarah ferait une excellente épouse. Non seulement elle était magnifique, mais son père exerçait un poste important au sein du gouvernement. Elle avait grandi au Dhalkur et possédait toutes les qualités d'une future reine.

Les larmes aux yeux, elle regagna sa chambre. Elle ne pouvait plus nier la vérité. Salim était passé à autre chose. Il n'avait plus besoin d'elle. Comment avait-elle pu être assez stupide pour croire qu'elle comptait pour lui ?

Salim était un homme fier et déterminé. Il n'avait pas eu une enfance particulièrement heureuse, mais il était clair qu'il aimait profondément ses parents et son pays. Pourtant, leur conception de la famille et de l'amour était très différente. Et malgré tout cela, elle avait commencé à croire que leur relation ne se limitait pas au sexe. Lors de leur dernier jour ensemble, elle s'était même convaincue que Salim l'aimait vraiment. Elle s'était trompée…

Le cœur lourd, elle s'installa sur un banc dans la cour.

Combien de femmes l'avaient précédée en ces lieux, pleurant sur leur sort ? Elles étaient sans doute très nombreuses, car la belle histoire que lui avait contée Salim à propos du cheikh se mariant par amour n'était probablement qu'un mensonge. Le palais n'était pas un lieu où les contes de fées devenaient réalité.

Elle avait cru avoir trouvé l'homme de sa vie, mais Phil l'avait trahie. Quant à Salim, elle n'avait rien à attendre de lui, même si elle l'aimait. Elle avait commis une erreur, une de plus, mais ce serait la dernière.

Relevant la tête, Rosanna se frotta les yeux. Salim et elle n'avaient aucun avenir ensemble, mais il avait signé un contrat avec l'entreprise de Marian et il était hors de question que leur liaison porte préjudice à sa tante. Elle avait un travail à terminer et elle savait exactement comment faire pour le forcer à lui adresser la parole : l'accoster durant le gala.

14.

— Je suis navré, Votre Majesté, ça ne se reproduira plus.

Salim secoua la tête.

— Tu t'es déjà excusé, Taqi, ça suffit et arrête d'utiliser mon titre.

D'ordinaire, ils laissaient tomber les formalités quand ils étaient seuls, mais pas cette fois.

— J'en ai assez, reprit-il en se passant la main dans les cheveux.

Le ministre des Finances avait été trop loin ; cependant même s'il aurait adoré le mettre à la porte de son bureau, sa nièce ne méritait pas un tel traitement. Salim avait pourtant dû se forcer à sourire tant la perspective de la rencontrer l'avait rendu malade. Rosanna l'obsédait toujours.

Il avait gardé ses distances depuis son retour dans l'espoir de l'oublier, en vain. Il n'arrêtait pas de penser à elle alors qu'ils n'avaient aucun avenir ensemble. Il allait se marier, et il ne pouvait pas poursuivre leur liaison dans ces conditions.

— Il faut que tu saches quelque chose, reprit Taqi, se détendant enfin. Si j'ai été absent aussi longtemps…

Salim fronça les sourcils devant son hésitation.

— Assieds-toi et raconte-moi.

— Il y a de nombreuses rumeurs qui courent sur Mlle MacIain, commença-t-il.

Salim serra les poings. Il s'était pourtant assuré que leur liaison reste confidentielle.

— On raconte que c'est une criminelle, qu'elle et son ex-fiancé ont dérobé de grosses sommes d'argent à leurs investisseurs. Certains ont même perdu les économies de toute une vie.

— Quoi ? C'est n'importe quoi.

— Elle t'a donc raconté ce qui s'est passé ?

— Non, répondit-il en secouant la tête. C'est la première fois que j'en entends parler, mais je connais Rosanna. Ce n'est pas une voleuse.

Taqi lui lança un regard interrogateur, mais Salim l'ignora. Ses employés avaient vérifié les références de la jeune femme, mais ils n'avaient pas enquêté sur son passé. Il n'avait pourtant pas le moindre doute. Rosanna était innocente.

— Qui a lancé ses rumeurs et quelles sont leurs preuves ? demanda-t-il, furieux.

— J'ai demandé à un membre de mon équipe de fouiller le passé de Mlle MacIain, expliqua Taqi, et j'ai remonté la source des rumeurs. Elles viennent des employés travaillant pour le ministre des Finances.

Salim fronça les sourcils. Cet homme était une véritable plaie. Il était très efficace, mais cherchait sans cesse à accroître son influence.

— Les rumeurs ont commencé quand Mlle MacIain est revenue au palais, poursuivit Taqi. Un des employés a sûrement manqué de discrétion, et le ministre a compris où elle avait passé la semaine.

Salim acquiesça. Le ministre pensait sans doute que la présence de Rosanna menaçait les chances de sa nièce de monter sur le trône.

— Que racontent ces rumeurs ?

— Elles disent que Mlle MacIain était complice et qu'elle a réussi à échapper à la prison grâce à son avocat et à un vice de forme.

Salim jura.

— Je savais que son ex l'avait fait souffrir, mais je n'imaginais pas cela.

C'était bien pire qu'une infidélité…

— Il a détourné les fonds via un compte qui leur appartenait à tous les deux. C'est pour ça que la police s'est intéressée à elle, expliqua Taqi. Elle a été rapidement mise hors de cause et aucune charge n'a été retenue contre elle. Elle a également perdu de l'argent, continua-t-il, et d'après ce que j'ai découvert elle a tenté de rembourser plusieurs victimes alors qu'elle n'était pas responsable.

Salim soupira. Voilà qui lui ressemblait bien. Rosanna avait un grand cœur.

— Est-elle au courant des rumeurs ?

— Je n'en suis pas sûr, mais elle a demandé à me voir cet après-midi.

— Réglons le problème au plus vite.

Il était hors de question qu'elle souffre par sa faute.

Ignorant la foule d'invités, Rosanna se rendit directement dans l'atrium et aperçut aussitôt Salim, plus sexy et séduisant que jamais.

Son cœur se mit à battre douloureusement et son courage l'abandonna. Elle ne pouvait pas le rejoindre et le traiter comme s'il ne s'était jamais rien passé entre eux. C'était impossible.

Elle voulut tourner les talons quand une voix masculine résonna soudain.

— Ah, la voici, la fameuse Mlle MacIain.

Rosanna fronça les sourcils. À quel jeu jouait-il ? Il l'évitait depuis des jours et cherchait à présent à attirer son attention ?

Le souffle court, elle plongea son regard dans le sien, et un frisson la saisit. Ce lien puissant, mystérieux et merveilleux qui les liait n'avait pas disparu. Non, il était au contraire plus puissant que jamais !

— Votre Majesté, le salua-t-elle en s'efforçant de reprendre le contrôle de ses émotions.

Ce qu'elle ressentait pour lui n'avait aucune importance. Elle ne pouvait pas l'oublier.

— Vous arrivez à point nommé, reprit-il d'une voix sensuelle en l'encourageant à s'approcher. Mon ami parlait justement de vous.

Rosanna retint une grimace en découvrant Zarah qui se tenait aux côtés de son oncle.

— De moi ? s'enquit-elle, étonnée.

— Le ministre est très intéressé par votre relation avec votre ex-fiancé.

À ces mots, une vague de nausée la submergea, mais elle réussit à rester impassible.

— Je m'apprêtais à lui expliquer la situation, mais comme vous êtes là, vous devriez vous en charger.

Étudiant son visage, elle nota qu'il avait l'air furieux… contre elle ? Pourquoi ? Parce qu'elle ne lui avait rien dit ?

Elle réalisa soudain que la plupart des conversations s'étaient interrompues comme si les autres invités suivaient leur échange avec intérêt.

— Il est vrai que j'ai été fiancée, commença-t-elle, les joues rouges, mais nous avons rompu. J'ai découvert que l'homme en qui j'avais confiance était un voleur et un escroc. Il purge une peine de prison et je n'ai plus le moindre contact avec lui.

— Je suis surpris que vous n'ayez pas été impliquée, dit le ministre d'un ton hautain. Vous n'avez pas été interrogée par la police ?

Comme elle ouvrait la bouche, Salim ne lui laissa pas le temps de répondre.

— Comme le sujet semble vous fasciner, je peux vous dire que l'enquête a démontré que Mlle MacIain n'avait rien à se reprocher. Elle est une victime dans cette affaire. Prétendre le contraire serait de la diffamation.

— Bien entendu, pardonnez-moi, Votre Majesté, rétorqua-t-il en s'inclinant. J'étais simplement inquiet.

Se tournant vers Rosanna, il poursuivit :

— Il est étrange que vous n'ayez rien vu. Vous travaillez dans le recrutement, n'est-ce pas ? Ne devez-vous pas être capable de juger rapidement les gens que vous rencontrez ?

— En effet. J'ai beaucoup appris depuis, déclara-t-elle en relevant le menton en un geste de défi. J'ai appris à ne pas accorder ma confiance trop rapidement et à ne pas laisser mes émotions obscurcir mon jugement. Je préfère juger une personne sur ses actes et non sur les mensonges ou les insinuations qui pourraient courir sur elle.

Les yeux du ministre étincelèrent de colère, mais elle ne se laissa pas impressionner. Elle se prépara à une nouvelle attaque quand la main de Salim se referma sur la sienne.

Un murmure parcourut la foule, mais elle l'entendit à peine tant les battements de son cœur résonnaient à ses oreilles. Elle avait l'habitude de ne compter que sur elle-même pour se débrouiller, mais sa présence à ses côtés prouvait qu'elle n'avait plus à se battre seule.

— C'est une compétence très utile, déclara-t-il d'un ton froid, surtout en présence de personnes mielleuses et fausses prêtes à tout pour obtenir ce qu'elles veulent au détriment des autres.

Le ministre pâlit et s'inclina avant de tourner les talons, emmenant sa nièce avec lui.

Rosanna voulut l'imiter, mais Salim ne la relâcha pas et la présenta même aux autres invités. Trop surprise pour réagir, elle se laissa entraîner sans oser lui poser la moindre question.

Pourquoi agissait-il ainsi ? Non seulement il avait rompu avec elle, mais il lui avait clairement expliqué qu'il ne pouvait pas s'afficher avec une femme impliquée dans un scandale. Il parlait de sa future épouse et non de sa maîtresse, mais ça ne changeait rien. Que se passait-il ?

15.

Enfin, après ce qui lui sembla une éternité, ils quittèrent le gala pour rentrer au palais et regagner les appartements privés de Salim, et enfin le salon où il lui avait avoué qu'il ne pensait qu'à elle.

— As-tu l'intention de m'expliquer ce qui se passe ? demanda-t-elle comme il s'obstinait à rester silencieux. Tu m'as ignorée pendant des jours, probablement parce que je ne suis qu'une complication dont tu te serais bien passé et dont tu as honte. Mais pourquoi t'es-tu affiché avec moi ? Ils me regardaient tous comme si, comme si…

Elle s'interrompit, incapable de continuer.

— Je n'ai jamais eu honte de toi. Et j'ai du mal à croire que tu n'aimes pas qu'on te regarde, ajouta-t-il en lui lançant une œillade brûlante qui la fit frissonner.

— Je suis couverte de la tête aux pieds !

— Peut-être, concéda-t-il en s'approchant, mais tes vêtements mettent en valeur chacune de tes courbes. Et cette couleur rouge… n'est-ce pas la preuve que tu voulais attirer mon attention ?

Il avait raison, bien sûr. Elle avait sélectionné sa tenue avec soin, mais elle refusait de l'admettre.

— Tu ne m'as toujours pas donné la moindre explication ! s'exclama-t-elle.

— Tu insinues que je te dois une explication alors que tu m'as caché ce qui s'est passé avec ton ex-fiancé ?

— Je te l'ai dit, il m'a trahie.

— Tu ne m'as jamais dit comment, ni qu'il t'avait fait autant de mal.

— Ça ne te regarde pas. C'est moi qui aie été blessée, pas toi.

— Tu crois que ça change quelque chose ? demanda-t-il en plongeant son regard dans le sien. Tu travailles pour moi et tu vis au palais, bien sûr que ça me regarde.

Sa colère s'évanouit aussitôt, remplacée par une immense lassitude.

— Tu as raison, je suis désolée. Je n'aurais jamais pu imaginer que mon passé pourrait te nuire.

— Tu crois que c'est ce qui m'inquiète ?

— Tu vas rompre notre contrat et me renvoyer chez moi, n'est-ce pas ? s'enquit-elle en baissant la tête.

— Viens t'asseoir, ordonna-t-il.

— Non ! Je préfère rester debout.

— Tu es une femme obstinée, Rosanna.

Ils avaient au moins cela en commun…

— C'est ainsi que j'ai appris à survivre.

Réprimant ses larmes, elle serra les poings. Elle ne pouvait pas se permettre de faire preuve de faiblesse. Elle allait devoir quitter le pays, affronter sa tante et, surtout, renoncer au seul homme qu'elle ait jamais vraiment aimé. Combien de temps lui faudrait-il pour tourner la page et oublier son parfum viril, la chaleur de sa peau contre la sienne et la douceur de ses lèvres quand il l'embrassait ?

— Pourquoi m'as-tu pris la main devant tout le monde ?

Elle avait besoin de se concentrer sur autre chose que la douleur.

— Tu n'aurais pas dû faire ça.

— Au contraire, j'ai fait ce qu'il fallait, affirma-t-il en plongeant ses yeux dans les siens.

Son cœur se mit aussitôt à battre la chamade, ce qui la rendit furieuse.

— Les autres invités nous regardaient comme si ton geste avait une quelconque importance.

Une étrange lueur passa dans ses yeux, et elle le dévisagea, stupéfaite.

— Il en avait, n'est-ce pas ? As-tu l'intention de t'expliquer ? s'enquit-elle avec impatience comme il restait silencieux.

— Au Dhalkur, le cheikh ne serre la main qu'à ses homologues étrangers. En dehors de ces occasions officielles, il ne touche que les membres de sa famille.

Rosanna fronça les sourcils. Elle savait qu'ils devaient garder leurs distances en public, mais elle ne faisait pas partie de sa famille alors pourquoi… ?

— Es-tu en train de dire que tu m'as marquée ? l'interrogea-t-elle en comprenant enfin le sous-entendu. Tu ne peux pas faire ça, tu ne peux pas décider que je t'appartiens comme si je n'étais qu'un objet !

— Tu as raison, concéda-t-il sans paraître gêné. Serais-tu moins en colère si je t'avouais que je l'ai fait pour te consoler ?

— Je n'ai pas besoin que tu me consoles.

— Et si je te disais que c'est moi qui en avais besoin ?

Rosanna tressaillit, ce qui n'avait rien d'étonnant. Son aveu les avait surpris tous les deux. Lui qui avait toujours refusé d'admettre la moindre faiblesse devant qui que ce soit n'avait pas hésité une seconde à lui dire la vérité. Il n'avait pourtant pas l'habitude d'accepter ou de reconnaître ainsi ses émotions. D'ordinaire, son devoir l'emportait sur tout le reste, mais ça, c'était avant Rosanna.

— Que veux-tu dire ? demanda-t-elle d'une voix tremblante.

— J'ai voulu te réconforter parce que je ne supportais pas de te voir souffrir, peu importe ce que les gens ont pu en penser. Je voulais te protéger.

— Tu m'avais déjà protégée. Tu as fait passer ce crétin de ministre pour un idiot.

— C'est exactement ce qu'il est.

Il avait d'ailleurs failli lui mettre son poing dans la figure pour le punir d'avoir osé s'en prendre à elle. S'il ne l'avait pas fait, c'était uniquement par respect pour la jeune femme et pour mettre un terme aux rumeurs qui couraient à son sujet.

Rosanna ouvrit la bouche et la referma aussitôt comme si elle était nerveuse.

— Quand as-tu appris la vérité à propos de Phil ? s'enquit-elle enfin.

— Tu veux savoir quand j'ai découvert qu'il t'avait impliquée dans ses combines ? Hier soir.

— Tu as entendu les rumeurs et tu les as crues, dit-elle avec une grimace.

— Non. Taqi est venu m'informer que le ministre des Finances racontait que tu étais une criminelle qui avait échappé à la prison grâce à un vice de procédure.

Rosanna pâlit, mais il poursuivit.

— Je savais que ce n'était pas vrai, mais j'ai demandé à mon équipe de fouiller un peu afin de réfuter les rumeurs.

— Tu savais que ce n'était pas vrai ? répéta-t-elle, étonnée.

Il acquiesça et Rosanna se laissa tomber sur le canapé.

— Je n'avais pas réalisé…, souffla-t-elle.

— Tu n'as pas besoin de m'en parler si tu n'en as pas envie.

Il ne supporterait pas de la faire souffrir davantage.

— Il n'y a pas grand-chose à dire, déclara-t-elle en haussant les épaules. Phil a toujours eu des goûts de luxe, mais les choses se sont aggravées quand il a changé de travail. Il a commencé à fréquenter des gens bien plus riches que lui, et il s'est laissé entraîner sur la mauvaise pente. Le pire, c'est qu'il a essayé de me faire croire qu'il avait fait ça pour nous, continua-t-elle avec une grimace de dégoût. Il voulait que nous ayons un mariage inoubliable, que nous partions en lune de miel dans un hôtel hors de prix. Quand il parlait d'argent, je lui répétais que j'étais déjà heureuse, mais il ne m'écoutait pas.

Elle s'interrompit un instant et secoua la tête.

— Nous avions un compte commun sur lequel nous déposions des fonds pour acheter une maison, mais je n'ai jamais vérifié le solde. Je pensais avoir une idée de la somme qui s'y trouvait. Phil… a commencé à parier, confia-t-elle dans un soupir, et il a perdu beaucoup d'argent. Il s'est mis à voler pour couvrir ses pertes.

— Et ses combines ont été découvertes, conclut-il à sa place.

Rosanna acquiesça.

— J'avais l'intention d'annuler le mariage parce que je ne le reconnaissais plus, mais je n'imaginais pas qu'il puisse en arriver là.

Salim s'installa à ses côtés et elle tourna la tête vers lui.

— Merci d'avoir cru en moi. Je suis désolée de t'avoir impliqué dans ce scandale.

— Ne t'inquiète pas, tout va bien.

Elle semblait si triste qu'il faillit la prendre dans ses bras avant d'y renoncer. C'était encore trop tôt.

— J'apprécie vraiment ce que tu as fait. Et… je me suis sentie mieux quand tu m'as prise par la main, ajouta-t-elle en rougissant, même si je sais que tu n'étais pas sérieux en disant que tu m'avais marquée.

Salim se pencha et entrelaça leurs doigts.

— Tout ce que j'ai dit était vrai. La moitié du pays doit déjà être au courant que tu es une femme importante à mes yeux.

— Tu veux dire qu'ils savent que je suis ta maîtresse ?

— C'est peut-être ce que certains vont penser, mais les autres sauront que j'ai annoncé ma décision de t'épouser.

À ces mots, Rosanna se libéra et se leva d'un bond. L'imitant, il se plaça devant elle pour l'empêcher de prendre la fuite.

— Rosanna ?

Elle semblait si triste qu'il ne savait pas quoi faire. N'importe quelle femme aurait sauté de joie en apprenant qu'il envisageait de l'épouser, mais pas Rosanna. Il aurait dû s'y attendre, elle était différente. À moins que… À moins qu'elle n'envisage de refuser ?

— Quel cauchemar ! s'exclama-t-elle. Comment allons-nous nous sortir de ce bourbier ?

L'estomac de Salim se noua.

— Ce ne sera pas nécessaire.

— Tu penses vraiment que le problème sera réglé si je quitte discrètement le pays ?

Comment pouvait-elle lui demander une chose pareille ?

— Bien sûr que non !

— Dans ce cas, que veux-tu dire ? l'interrogea-t-elle en plongeant ses yeux dans les siens.

Salim ne s'était jamais senti aussi peu sûr de lui. Et si elle le repoussait ?

— Nous n'avons qu'à nous marier.

— Tu plaisantes, j'espère ! Nous ne pouvons pas nous marier parce que tu m'as tenu la main. C'est ridicule, ajouta-t-elle en secouant la tête.

— Je refuse de te perdre.

Rosanna rougit aussitôt et écarquilla les yeux.

— Ne t'inquiète pas, tu as le droit de refuser, lâcha-t-il.

— Pourquoi fais-tu cela ?

— Je croyais avoir été clair, dit-il en soupirant. C'est toi que je veux, Rosanna.

— Tu me désires, répliqua-t-elle en faisant un pas en arrière.

Salim s'avança pour combler la distance qui les séparait.

— C'est plus que du désir. Je veux ton bonheur et, quand tu souffres, je souffre, avoua-t-il en étudiant son visage. Je veux te protéger et je veux te voir atteindre les objectifs que tu t'es fixés. Sais-tu à quel point je te trouve sexy quand tu te démènes pour obtenir ce que tu veux ? Je suis tombé amoureux de toi, ma chérie.

— C'est impossible, tu ne crois pas à l'amour.

— Je n'y croyais pas, je ne pensais pas non plus que ça pouvait m'arriver.

Ce qui expliquait pourquoi il lui avait fallu si longtemps pour comprendre ses sentiments.

— C'est pourtant la seule explication possible. Je veux te faire mienne pour toujours.

Las, Rosanna ne sourit pas et ne vint pas non plus se réfugier dans ses bras.

Salim s'évertua à la patience. Il ne pouvait pas la brusquer. La décision lui appartenait.

— C'est de la folie ! murmura-t-elle. Tu as besoin d'une épouse qui a de l'expérience dans la diplomatie, venant d'un milieu aisé, qui maîtrise la langue nationale et pourra t'aider et te soutenir dans ta fonction, pas quelqu'un comme moi, avec un passé comme le mien. Pas une femme qui n'y connaît rien en politique, continua-t-elle, au bord des larmes. Je ne suis pas blonde et je ne suis pas non plus assez grande…

— Mon amour, la coupa-t-il en l'attirant à lui.

Elle tremblait comme une feuille.

— Ma demande te rend-elle si malheureuse ?

— Tu ne m'as pas fait ta demande, fit-elle remarquer d'un ton boudeur qui lui donna de l'espoir.

S'écartant doucement pour la regarder dans les yeux, il déclara :

— Ma magnifique Rosanna, me ferais-tu l'honneur de m'épouser ? Jures-tu d'être mienne pour le restant de nos jours ? Je te promets de t'être fidèle, de te soutenir et de t'aimer jusqu'à ma mort.

Elle grimaça, et une pointe de panique le saisit. Se pouvait-il qu'il se soit trompé ? Qu'elle ne ressente pas ce lien magique qui les unissait ?

— Même si tu risques de perdre le respect de ton peuple en choisissant quelqu'un comme moi ?

— Je pensais que j'avais besoin d'une épouse répondant à tous ces critères parce que je n'avais pas compris que j'avais besoin d'une épouse que je pourrais aimer. Mon peuple ne pourra que t'aimer lui aussi, ajouta-t-il avec un sourire, quand ils verront à quel point tu es courageuse, honnête, belle et merveilleuse.

— Même si tu risques de te faire mal au cou en m'embrassant ? demanda-t-elle, une lueur amusée dans le regard.

— Je suis prêt à prendre le risque. Que ressens-tu pour moi ? l'interrogea-t-il, la gorge nouée.

— Tu es bien trop doué pour séduire une femme jusqu'à

la rendre folle de désir, affirma-t-elle, lui arrachant un sourire ravi. Tu es également très doué pour donner des ordres et bien trop habitué à obtenir ce que tu veux.

Elle s'interrompit un instant avant de reprendre d'un ton plus sérieux.

— Tu as un rôle important à jouer, et j'ai peur que ma présence finisse par te nuire.

— Ça n'arrivera pas, assura-t-il. Nous formons l'équipe parfaite. Je t'apprendrai tout ce qu'il faut savoir sur ta future fonction à condition que tu n'hésites pas à me contredire si tu penses que c'est nécessaire. Je suis certain que tu deviendras l'une des reines les plus appréciées de ce pays, dit-il avec un sourire. Tu es honnête, intelligente et tu es la femme de ma vie.

— Tu ne m'as pas laissée finir, fit-elle remarquer.

Salim retint son souffle. Elle n'allait quand même pas refuser maintenant ? Non, Rosanna l'aimait, il en était convaincu.

— Tu es orgueilleux et obstiné, mais tu es un homme bien qui veut le bonheur de son peuple. Tu as bon cœur et… je ne pourrai jamais être heureuse sans toi. Je t'aime, Salim.

Ivre de bonheur, il la souleva dans ses bras pour la faire tournoyer.

— Tu m'as ensorcelé dès notre première rencontre. Je n'arrivais pas à t'oublier. J'aurais dû comprendre que c'était ma destinée quand tu es venue au Dhalkur.

— Tu étais en colère contre moi, lui rappela-t-elle, amusée.

— Pas en colère, non, j'étais inquiet, perturbé, désespéré…

— Moi aussi, avoua-t-elle avec un sourire.

— Tu vois, c'était le destin, affirma-t-il en l'installant plus confortablement entre ses bras. Nous ne sommes pas pressés. Nous aurons de longues fiançailles, ajouta-t-il en ouvrant la porte pour traverser le couloir.

— C'est une excellente idée. Ton peuple pourra s'habituer à moi.

— Nous annoncerons demain que notre mariage aura lieu dans un mois.

— Un mois ! Mais c'est très court pour trouver une robe et organiser un mariage !

— C'est plus que suffisant, dit-il en la menant vers la chambre. Nous avons un palais rempli d'employés très compétents… et je n'arriverai pas à attendre plus longtemps.

— Dans ce cas, murmura-t-elle en s'attaquant aux boutons de sa chemise, il n'y a pas une minute à perdre.

Salim éclata de rire. Il avait vraiment trouvé la femme parfaite !

Épilogue

— Tu ressembles à une princesse de contes de fées ! déclara Tara, la cousine de Salim.

— J'ai l'impression d'en être une. Je n'arrive pas à croire que je vais vraiment me marier, ajouta-t-elle en étudiant son reflet dans le miroir.

Sa robe aux reflets argentés et décorée de centaines de diamants soulignait la finesse de sa taille avant de s'évaser sur ses hanches. Ses longues manches s'élargissaient au niveau du coude pour révéler un tissu chatoyant, brodé de fils d'or et rehaussé de rubis qui rappelaient la pierre ornant sa bague de fiançailles.

— Tu peux y croire, Rosanna. Je n'ai jamais vu Salim aussi heureux et nerveux.

— Nerveux ?

C'était difficile à croire tant il semblait détendu et fier quand il lui avait fait parcourir le pays pour aller à la rencontre de son peuple.

— Bien sûr qu'il est nerveux, il est fou de toi ! affirma Tara en lui prenant la main. C'est un concept nouveau et déconcertant pour un homme qui a toujours fait passer son devoir avant le reste. Tu peux me faire confiance, j'en sais quelque chose.

Son sourire s'adoucit comme elle posait la main sur son ventre rebondi, et Rosanna comprit qu'elle songeait à son époux, le cheikh du royaume voisin de Nahrat.

— Il devrait s'y habituer parce que j'ai l'intention de vivre une longue et heureuse vie avec lui.

— Je suis ravi de l'entendre, déclara une voix masculine et sensuelle.

— Salim !

Lui aussi portait une tenue argentée agrémentée de touches dorées.

— Qu'est-ce que tu fais là ?

— Tu ne pensais pas que j'allais te laisser marcher seule jusqu'à l'autel devant nos invités et la presse ?

Son père s'étant foulé la cheville, il ne pouvait pas l'accompagner.

— Elle ne sera pas seule, je suis là, intervint Tara.

— Je le sais bien, dit-il en l'embrassant sur la joue, mais c'est une grande première pour Rosanna et je veux que tout se passe bien.

— Ce n'est pourtant pas la tradition, dit-elle, inquiète.

— Nous n'avons qu'à créer nos propres traditions, rétorqua-il avec un sourire qui la rassura aussitôt. Mon amour, tu es magnifique, ajouta-t-il en lui prenant la main pour l'embrasser.

— Toi aussi, mon chéri.

Des aboiements mêlés de rire résonnèrent soudain.

— Qu'est-ce qui se passe ?

— Je me suis dit que tu aurais envie de les voir avant la cérémonie.

La porte s'ouvrit pour laisser passer ses parents, ses frères ainsi que ses neveux et nièces qui la serrèrent dans leurs bras à tour de rôle avant de disparaître aussi vite qu'ils étaient apparus.

— Layla et Qamar ont failli se glisser au milieu de ta famille, fit remarquer Salim, maintenant qu'ils étaient seuls. C'est ma faute, tes neveux m'ont supplié de les laisser les voir.

Rosanna sourit en songeant aux deux chiots. Qamar, avec son pelage de la couleur de la lune, était l'un des cadeaux de fiançailles que lui avait offerts Salim.

— Je t'aime tant, Rosanna, murmura-t-il en lui caressant la joue.

— Tu m'ôtes les mots de la bouche.

— Nous allons être tellement heureux, déclara-t-il avec un sourire.

— Je le sais, dit-elle en prenant la main qu'il lui tendait.

La tradition avait été restaurée. Le cheikh du Dhalkur se mariait par amour.

Retrouvez prochainement,
dans votre collection

AZUR

Secrétaire ou princesse, d'Emmy Grayson - N°4620
Enceinte. Clara peine à croire le résultat qui s'affiche en lettres de feu sur son test de grossesse. Quelques semaines plus tôt, elle a perdu la raison entre les bras d'Alaric Van Ambrose et voilà qu'elle doit en assumer les conséquences. Sauf que son amant d'une nuit n'est autre que son patron – un prince de surcroît ! Alors qu'elle se désespère de cette situation inattendue, Alaric lui fait une proposition aussi folle que séduisante : quitter son poste de secrétaire pour devenir sa princesse…

La trahison d'un Italien, d'Annie West - N°4621
Dans la suite nuptiale de l'hôtel le plus prestigieux de Rome, Ida rejoint le cœur battant son tout nouvel époux. Et dire que Cesare Brunetti l'a choisie, elle, parmi toutes ces aristocrates qui lui tournaient autour ! Troublée à la perspective de sa nuit de noces avec le sublime héritier, elle déchante quand ce dernier lui révèle tout le mépris qu'il a pour elle. Sans le savoir, Ida s'est unie à l'ennemi juré de sa famille. Et, pour échapper à une vie de souffrance, il ne lui reste plus qu'une option : fuir…

Scandaleuse nuit au palais, de Maya Blake - N°4622
Douze ans plus tôt, le cheikh Tahir a failli perdre son trône et son honneur pour une femme. Mais, alors qu'il a tout fait depuis pour l'oublier, voilà que se présente aujourd'hui devant lui Lauren Winchester. La belle a gardé le pouvoir de le troubler, comprend-il aussitôt, avant de se ressaisir. Si Lauren se trouve dans son palais, c'est pour lui demander son aide, or Tahir compte profiter de cet avantage pour clore enfin leur histoire au goût d'inachevé…

La mémoire des sens, de Rebecca Winters - N°4623
Luna est bouleversée. Son époux, le prince Rinieri Baldasseri, qu'elle croyait mort à la suite d'un tremblement de terre, est vivant ! Alors qu'elle émerge d'un long cauchemar, un nouveau coup vient la frapper de plein fouet : Rini l'a oubliée. Envolés, leurs moments complices, leurs nuits torrides… Incapable de renoncer à leur bonheur passé, Luna ramène Rini chez eux, au palais de San Vitano, avec l'espoir secret de raviver en lui la flamme de la passion pour que renaissent leurs souvenirs…

Un dangereux aveu, de Julia James - N°4624

« Si quelqu'un a une raison de s'opposer à cette union, qu'il parle maintenant ou se taise à jamais. » Les mots du prêtre résonnent dans l'église médiévale italienne, tandis qu'Ariana se lève pour interrompre la noce. Face à une assistance médusée, elle révèle alors attendre un enfant de Luca Farnese, le futur marié ! Le scandale est immédiat, retentissant, mais il paraît moins dangereux à Ariana que le regard noir de l'homme qui fut son amant avant d'être son ennemi…

Une alliance avec Gianni Renzetti, de Lynne Graham - N°4625

Leur alliance sauverait Josephine de la ruine, et son ami d'enfance du scandale. Doit-elle néanmoins accepter d'épouser ce dernier ? Certes, Gianni Renzetti lui permettrait de conserver le domaine familial de Ladymead, mais il n'est pas un homme pour elle. Depuis toujours, il conquiert le monde et les femmes, tandis qu'elle aspire à une vie calme et rangée. Hélas, Josephine est dans l'impasse. Comment pourrait-elle dire non à Gianni alors qu'il tient entre ses mains son avenir… et son cœur ?

La belle et le ténébreux, de Clare Connelly - N°4626

Depuis six ans, Thirio Skartos mène une vie de reclus, au sein de son château perdu dans les Alpes. Ainsi coupé du monde de débauche dans lequel il s'est perdu autrefois, il espère expier ses fautes. Jusqu'au jour où la tentation vient frapper à sa porte, sous les traits d'une délicate créature prénommée Lucinda. D'abord furieux d'être dérangé dans son antre, il ne peut s'empêcher d'être séduit par la belle. Au point de rompre son vœu de solitude pour explorer avec elle le désir qui les pousse l'un vers l'autre…

Le milliardaire sans limites, de Lucy King - N°4627

SÉRIE : *LES FILS PERDUS D'ARGENTINE* - 3/3

Il n'a aucune limite. Elle n'aura aucune échappatoire… Le milliardaire Max Kentala joue selon ses propres règles et ne laisse personne se mettre en travers de son chemin. Aussi est-il d'abord méfiant à l'égard de la détective privée qui débarque dans son existence pour lui révéler le mystère de ses origines. Pourtant, seul avec la tenace Alexandra Osborne aux Caraïbes, il sent le désir le gagner et sa raison fléchir. Et, bientôt, Max ne songe plus qu'à conquérir la belle intruse…

Le yacht de la passion, de Tara Pammi - N°4628

SÉRIE : *RELATIONS PRIVÉES* - 3/3

Après avoir fui un mariage forcé, Clare trouve refuge... sur un yacht. Comme si la situation pouvait être pire, elle découvre que le propriétaire du luxueux bateau n'est autre que Dev Kohli, le milliardaire avec lequel elle s'est abandonnée à la passion autrefois. À mesure qu'elle vogue à ses côtés vers une destination paradisiaque, Clare se demande si en échappant à son destin elle ne s'est pas exposée à un danger plus grand encore – celui de tomber amoureuse d'un homme avec qui elle n'a aucun avenir...

Liaison grecque, de Jennifer Faye - N°4629

Depuis leur rencontre, Adara et Krystof entretiennent une liaison torride – et sans engagement. Mais Adara finit par se lasser de ces rendez-vous trop brefs et met fin à leur histoire vouée à l'échec. Jusqu'à ce qu'elle retrouve Krystof sur une île privée grecque, pour y préparer avec lui le mariage de leurs meilleurs amis. Dans ce cadre enchanteur, les derniers vestiges de sa raison s'évanouissent pour laisser libre cours à une passion dévorante...

L'empreinte du désir, de Heidi Rice - N°4630

Xanthe est troublée : pour récupérer l'héritage qui lui permettra de sauver son entreprise, elle n'a d'autre choix que d'aller à la rencontre de Dane Redmond, son mari, et de lui faire signer une fois pour toutes les papiers de leur divorce... Si l'idée de revoir celui qui l'a brutalement quittée dix ans plus tôt ne l'effraie pas – ne s'est-elle pas affranchie de son joug, en devenant une femme d'affaires accomplie ? –, elle comprend pourtant, lorsqu'elle pénètre dans le majestueux bureau de Dane, que les choses ne seront pas si simples. Car, à la seconde où leurs regards se croisent, elle se sent chavirer de désir...